山長水遠

恰好遇見

自然和自我不期而遇，從一草一木中感受生活的詩意

THE
ENCOUNTER
IS A
BEAUTIFUL

「一切的美好，皆從遇見開始。」

這世界，許多人告訴你要馬不停蹄地向前
而我只想祝福你慢下來生活——

愛是什麼？是柴米油鹽，朝朝暮暮，眉眼之間，皆是你
關於我生活的小城，我總有數不清的感動，想要說給你聽

小隱——著

目錄

推薦序　一切的美好，都恰如其分

　　世人多愛「小」，總覺得「大」略顯粗鄙，而「小」則代表精緻。小巧玲瓏，恰到好處，讀來使人意猶未盡。

　　於是乎，「小隱」自然而然地帶著一種遺世獨立的清新灑脫，意蘊悠長。

　　我喜歡小隱，更喜歡小隱。

　　前者的小隱，隱於鄉野，雖比隱於城市格局小一些，但對於我來說，一切都是剛剛好。

　　我喜歡大自然，喜歡日昇日落，喜歡枝頭上的那顆露珠，喜歡隨風自由搖擺的稻穗，更喜歡媽媽眼中的溫柔，所以我回到了浦市古鎮。

　　從某種意義上說，我也算是小隱。

　　後者的小隱，是一位姑娘，她是一位「隱士」。

　　她從不拘泥於身居何處，城市或鄉野，只要內心平和安定，周遭的喧囂便都無大礙。

　　這一次，小隱也隱得恰到好處。

　　她隱在浮生夢中，隱在草木裡，隱在江南水鄉，隱在遼闊山河，將詩一般的人、二十四節氣的緣、江南水鄉的愁、旅行路上的言，用細膩的筆觸一點一點地向世人描摹出來，展示了

一幅幅無與倫比的美麗畫卷。這是為了與大家分享世間美好，亦是為了證明，遇見是一件多麼迷人的事。

董卿在《朗讀者》中說過：從某種意義上說，世間一切，都是遇見。冷遇見暖，就有了雨；冬遇見春，有了歲月；天遇見地，有了永恆；人遇見人，有了生命。

從某種意義上說，小隱遇見了小隱，有了生活與美，便有了《山長水遠，恰好遇見》。

若你恰好遇見了這本書，細細讀下去，你定會發現驚喜。書裡的一字一句，溫暖、淡雅、平靜舒暢、意境深遠，像極了「小隱」，組合起來，就是平凡但又美好的日常，讀來感覺親切而誠懇。

雖然是小隱，可是她熱愛生活，文字裡飽含著對生活的熱忱，所以她的文字是有溫度的。書中的人、事、物，其實無一不是在寫這冷暖人間。

讀完這本書你便會明白，一切都是最好的安排，每一次遇見，都恰到好處，恰如其分。

當無邊風月遇見神仙眷侶，便有了詩意人生；

當二十四節氣遇見草木繁花，便有了歲月靜好；

當吳儂軟語遇見客居旅人，便有了戀戀不捨；

當山河風光遇見痴痴小隱，便有了旖旎醉人。

……

一切的美好，皆從遇見開始。

感謝小隱讓我遇見這本書，讓我彷彿發現了另一個自己。

我們是如此相似：她喜歡詩意的人物，我筆下也多是在塵世中把生活過成詩的人們；她喜歡蘇州，我愛浦市；她喜歡旅行，記錄隻言片語，我是邊走邊拍，異曲同工之妙。讀小隱的文章，彷彿回到那些年的旅拍時光，與一個個把生活過成詩的人相遇，與一對對神仙眷侶交好，用鏡頭和美景交流，邊拍邊寫，邊寫邊拍，再回到心心念念的浦市古鎮，心就有了歸處。

謝謝小隱。

一切的美好，從開啟這本書開始。

李菁

　　生之喜悅，不是活成與大多數人相似的模樣，而是不辜負自己的本心。

自序　遇見

　　我喜歡「遇見」這個詞，它有著平凡、簡單的好。它不是驚鴻一瞥的華麗邂逅，而是長長久久的珍重待之。

　　這些年，我時常心懷感恩。一路成長，從河南中部那個在地圖上都難找到的小村莊，到小橋流水人家的詩意江南，有過多少美好，就有過多少遇見。

　　收到讀者的留言：「小隱，妳的生活真詩情畫意！」我報以微笑，沉默不語。因為我懂得，這一切不過是恰好的遇見。

　　我曾經中考失利，那段寂寞的雨季，我以為人生就此踏入泥潭，卻不料，上帝為我開啟了另一場遇見。我學習了繪畫，去讀職業高中，三年後，以藝術特長生的身分參加高考，最終走向明亮的大學校園。

　　大學畢業後，我執拗地離開故鄉，只因為心中的一個江南夢。這又是新的遇見。

　　就是這一場與江南的遇見，讓我更加勇敢，學會為夢想笨拙地努力；也是這一場與江南的遇見，我的夢想得以開花，並迎來意料之外的詩意人生。

　　在這座宜居的江南小城，我讀書、寫作、攝影、彈古箏和古琴。有幸讓自己寫下的文字變成鉛字，呈現給更多讀者，以

夢為馬，過著自己熱愛的生活。

《山長水遠，恰好遇見》是我的第三本書，這本書歷時兩年，書寫的是散落在光陰裡的故事。

這兩年，我尋訪隱在日子裡的她們，感知季節的冷暖，記錄山河的故事，追憶故鄉的深情。這些美好都將在這本書裡以文字、照片的形式向你徐徐展開，而這一切的起因，皆為遇見。

人與人之間有著最深的世間情誼，人與萬物亦有。

當我與遇見的她們交談時，在她們的故事裡，我感到日日是好日的平凡與詩意；當我佇立在陌生的城市風景中，我與身邊的建築、草木、人群擦肩而過，那一剎那的擦肩譜寫成遇見裡的唯一；當我遇見季節裡的冷暖，光陰成了我筆下的珍重。

生活在蘇州，常覺安心。早春的柳，從鵝黃到嫩綠，倚著小橋流水；老舊的青石小巷，雨水滴滴答答地落下來，有涼涼的質地。這裡的閒逸情懷，是深居簡出的生活美學。蘇州，我愛這座城，愛她的幽和靜，愛她的詩和雅，更愛在這裡千千萬萬的遇見。

希望手捧這本書的你，也能在文字裡，遇見滄海萬物之美。

這一生，山長水遠，恰好遇見。

小隱

庚子年冬寫於蘇州

第一章
所有的遇見都恰到好處

夢裡水鄉，璧人成雙

死生契闊，與子成說。執子之手，與子偕老。

初夏的黃昏，我坐在有茉莉花香的房間裡，隨意地翻閱著手中的書，看到這句詩，心中油然生出微微的感動。人間難得有情人，遇一人偕老白首，將平凡的日子過成詩般模樣，這大抵是許多人的夢想吧。

大冰書中曾寫道：「不要那麼孤獨，請相信，這個世界上真的有人在過著你想要的生活。」「願你我帶著最微薄的行李和最豐盛的自己在世間流浪，以夢為馬，隨處可棲。」

讀到這些話時，我剛大學畢業，在鄭州過著穩定卻也沉悶的生活。我被那句「以夢為馬，隨處可棲」打動，毅然辭掉工作獨自來到思念的水鄉城市──蘇州。多年後，我遇見了些新朋友，他們的故事各不相同，但人生的核心卻是相似的：他們都在按照自己喜歡的方式生活著。

01

夜晚，絲絲涼意打在裸露的小腿上，從白塔東路經過平江路，穿過薔薇巷，夜燈把植物的影子打在白牆上。晚風吹過，斑駁的影子有歲月靜好的氣息。我走過這樣的風景，來到後芳弄，見到了這棟簡約、文藝的民居。

房子是三層小樓，前面有個小院落。別看院落小，木門、花草皆有。屋後臨小河，流水清澈魚兒歡，香樟樹已經有兩層樓高，葉子落在水中，落在白牆上，詩意盎然。

三年前，這裡還是很破舊的老房子，如今卻完全變了模樣，因為居住在這裡的一對隱世夫妻，懂得舊物的不凡與珍貴。

女主人說：「我第一次看到這座老房子，完全是很破很舊的樣子，與小巷子裡的許多老蘇州民居並無兩樣，但我很喜歡。因為這裡不像城市裡的高樓大廈，繁華卻少了韻味。這裡有家的氣息，踏實、穩妥。」

塵世中的萬物皆有靈性，哪怕僅僅是一座老宅。多少人一生努力只為在城市中謀求屬於自己的一間房子，但她卻說，她不喜歡住在高高的電梯房裡，上不接天，下不挨地，猶如在生活的夾縫裡，連呼吸都充滿濁氣。她與這隱在巷子裡的老宅，有相互珍惜的緣。

房子的男主人是一位和田玉雕師，在平江路大儒巷上有一家小店，名字很詩意，叫「半閒居」。初聽這個名字感覺好像是某個古人的名號，半閒居士，取「半閒居」三字。「閒」為浮生閒光陰，卻又不是遊手好閒的閒；「半」字讓這份閒有了禪意；「居」是居住的意思，與「半閒」二字結合又有隱約妙意在其間。

在這間小小的工作室，他設計雕刻，她再把這些雕刻的作品進行加工，做成佩飾。她並沒有學過美學與串珠設計，但她

對美有獨特的感知。精美的玉雕擺在那裡，只是玉雕，經過她的雙手，就成了漂亮的耳墜、項鍊等裝飾品。兩個人累了的時候抬起頭，就能撞見彼此溫柔堅定的目光。

真好啊。

他愛她，她喜歡過有院有花的簡單生活，他就陪她。他們在姑蘇老城區臨河的小巷深處，買下了開頭提到的老宅，用兩年時間，把老宅改造成一座有花有院有河的詩意家園。

愛情，是在對的時間遇見對的人，相看兩不厭。相愛的兩個人在一起，會活成一個人，像〈我儂詞〉中所寫的那樣，我泥中有你，你泥中有我。我與你生同一個衾。

她和他，就是這樣的一對璧人。彼此扶持，彼此依靠，隱於一座小城，鬧中取靜，安心做著熱愛的事情。物雖無言，但一定會懂得他們的雙手輕輕拂過它時的情意，因為，那是愛情裡最深刻的給予。

02

女人難修的是氣質，但是，她卻讓我看到了女人優雅知性的模樣。

初次相遇，她溫婉的笑容就已住進我心裡。原麻的休閒褲，上身穿著亞麻色針織開襟衫和T恤，長度適中的頭髮在耳後隨意綰著。她不施脂粉，卻美得自然又舒服。我突然想起歌

手劉若英，不是兩人長相相似，而是她們都像奶茶那樣，有著溫柔恬淡的氣質。

走進她的家，乾淨、簡約，女兒在沙發上安靜地看著卡通片，先生在廚房忙碌著晚餐，兒子晚上有補習班，早早去了老師家中。這樣的一家四口，這樣的家，沒有富麗堂皇，但充滿溫暖和愛。

小小的客廳裡有一個首飾架，上面掛著她的私人佩飾，不多，清爽整潔。這些佩飾都是他專門為她設計、雕刻的作品，她串珠配繩。

清涼的玉，配上菩提珠，便是可搭配毛衣的項鍊。簡單的水滴狀的玉，她做成了耳墜。這些靈氣之物，配以她的素色衣衫，宛若清風朝露，清秀靜雅。

「為何會想到買下這座破敗的老房子去改造呢？」我隨口問道。

她說：「我自小就有院落情結。那時，我在故鄉生活，住在老式的三重院子裡。我的父母都很會生活，雖然在鄉村，但他們卻把平常日子過成了陶淵明式的歸園田居。我的媽媽會在院子裡種上各式各樣的花木，四時不斷，詩意又浪漫。也許，就是那幼年的記憶，成了我的念念不忘，後來在城市生活，我依舊希望有緣打造一座小院。」

我安靜聽著，看著眼前的她。從她的身上，我感受到溫和

與真誠。這大概也是來源於她小時候的家庭生活吧。

「我的爺爺讀過幾年私塾，他常常對我們說，做人要和善，要謙卑，要助人。」她說起家裡的長輩，言語中充滿敬意。

「我第一次去她家，中午吃飯時恰好有個討飯的來，她爺爺就讓討飯的自己進屋裡取食物，想吃什麼拿什麼。」始終微笑著傾聽的他輕輕地說。

多好，一對善良美好的璧人。如今，她又把這份愛傳遞給兒女。十四歲的兒子乖巧懂事，小女兒活潑可愛、天真爛漫。好的家庭關係對孩子的成長有著無比重要的影響，夫妻恩愛，家庭和諧，孩子在這樣有愛的環境中成長，自然會懂得愛。

「這是我們屋後河裡的魚。」她說著，翻出一張手機拍的照片。

我看到一泓碧波，幾條小魚將河水盪出漣漪。

她還給我看了春天時她帶著女兒回老家的照片，那個可愛調皮的小丫頭呀，正在田間專注地看一朵花開。

「春天，我在廚房做飯的時候，會把窗子開啟，窗外香樟樹的香氣就會緊一陣慢一陣地飄進屋子裡，我覺得很舒服。」她說這些話的時候，眼眸閃爍著純淨的光，我知道，那是她對每一寸時光的熱愛。

女人，是家的溫柔所在，一個善於發現平淡生活中點滴喜悅的女人，定會成為一個好妻子、好媽媽、好女兒。

因為愛著草木自然、世間萬物，尋常的生活亦有清風明月、畫意詩情。

生活對我們每個人的給予都不偏不倚，只是，有的人把生活過得雞飛狗跳；有的人，卻可以優雅美好，這其中最大的區別，大概就是感知力。她明白愛是陪伴，她能發現小風景裡藏著的雪月風花，她懂得，知足常喜樂。

03

相識於那時年少，風清和，雲無言。從此之後，愛的世界，同看雲捲雲舒、花開花謝。

他們相戀七年才走入婚姻殿堂。四年的異地，多少相思流淌在筆下，紙短情長。所謂七年之癢只不過是個說辭。經過七年的深愛，他們早已是彼此的骨中骨，剩下的唯有慢慢享受生活，珍惜這份相知相伴的緣。

嫁給他後，他的溫和守護著她的浪漫，在他的面前，她像個童真的孩子。她亦用溫柔回報他的寬厚，兩個人攜手，將柴米油鹽過成詩情畫意。

好的愛情，從來都不需要刻意表現。他把飯菜端上桌，為她倒上椰汁，雖然少言寡語，我卻能感受到流淌的愛意，因為，他們之間的一個對望，就足以表達那綿長、樸素的愛。

兩個人的時候，他常常帶她去遠方，高山、河流，森林、

小鎮，風風雨雨見證著這份愛情。歸來後，他們棲居在姑蘇城的寧靜一隅。後來，有了兒子和女兒，他便帶她和孩子一起旅行，儘管工作繁忙，他們每年還是會安排至少兩次旅行。

一次次的上路讓她萌生了做民宿的想法。這棟經過修繕的小樓，因為有兩個房間經常空著，她覺得很是可惜，與他商量後，她開始著手安排房間的設施更新，準備做家庭民宿。

讓遊客在異鄉找到家的感覺，是她做家庭民宿的理念。我們沿著黃褐色的木樓梯走上去，二樓的房間便是兩間客房。居家，是他們共同的美好心願，他們又將這樣的心願傾注到民宿上。在蘇州這座旅遊城市，民宿有很多，而且各有各的特色，而他們家的概念便是「家」。住在這裡的客人，可以與主人同吃同住，三樓就是主人與孩子自己的臥房。在異鄉也能感受到家庭帶來的溫暖，再沒有比這更有意義的旅行了。

04

鬧市與幽巷，繁華與素淡，是生活的兩面呈現，穿過幽巷便是熱鬧的平江路，走進幽巷便是安靜的居家生活。俗話說大隱於市，蘇州，恰好能滿足這樣的大隱情懷。

與他們道別後，我獨自踏入夜色。

一雙人，一份生活，把心放好，就是喜樂。

往後餘生，長樂未央

五月末，初夏，被太陽炙烤了許多天的江南終於下了雨，空氣裡滿是植物的香氣。這是一座被綠色擁抱的小城，走在街道上，雨後的夾竹桃落了一地，有粉色，有白色。抬頭望著那一樹樹花開，突然想起席慕蓉的詩：

> 如何讓你遇見我
> 在我最美麗的時刻
> 為這
> 我已在佛前求了五百年
> 求他讓我們結一段塵緣
> 佛於是把我化作一棵樹
> 長在你必經的路旁
> 陽光下慎重地開滿了花
> 朵朵都是我前世的盼望
> ……

那一簇簇的夾竹桃，便是席慕蓉筆下開花的樹吧。我走在花樹下，落英繽紛，淡淡的江南小調，雅緻又樸素。雨依然淅淅瀝瀝，河邊楊柳依依。今天，我要去崑山拜訪一對「九零後」小夫妻，他們的故事，又將成為我筆下的文字，被更多人聽聞知曉。

這場雨啊，醉了江南，美好了遇見。

01

她和他居於崑山小城，相攜走過平淡時光。

身著深藍色棉麻布衣，掛著純淨真誠的笑容，她燙壺、溫杯、置茶、沖泡，一連串的動作過後，裊裊茶香在房間裡縈繞，恍惚之間，我以為這是宋朝的某個午後，靜謐、淡雅、無言、情深。

這家小店有個好聽的名字：未央。店主是一對「九零後」小夫妻，高中相識相戀，大學畢業後走入婚姻的殿堂。如今，兩人相依相伴，在小城守著小店，日子平淡卻也充滿浪漫。他們兩人身上都有著雅緻的氣質，那是彼此深愛的印記。

未央？我若有所思，這樣富有情調的名字，想來是出自她心中吧。

盛世大唐，長樂未央。濃濃的古典氣息迎面而來，亦如她的人，有著古人的端莊賢淑，好似舊時的大家閨秀，而這裡的「舊時」，一定在漢朝或者唐朝，唯有這兩個朝代襯得起「未央」二字。

《金石索・漢長樂宮瓦》上書「長樂未央」四字。未央，意為未盡。長久歡樂，永不結束。

長久歡樂，永不結束。我細細想著這八個字，古人的祈願與智慧，真是樸素又詩意。戎馬一生，壯志凌雲，但最終的歸宿，亦不過是「長久歡樂，永不結束」。轟轟烈烈固然熱鬧，

但人需要一隅清靜之地，與愛的人相守相伴，這便是快樂。人生那麼長，當下的分分秒秒才是值得珍藏的美好，眼前人才是此時此刻的愛之所及。

中國最早的一部詩歌總集《詩經》中亦有「未央」之詞。

夜如何其？夜未央，庭燎之光。君子至止，鸞聲將將。
夜如何其？夜未艾，庭燎晣晣。君子至止，鸞聲噦噦。
夜如何其？夜鄉晨，庭燎有輝。君子至止，言觀其旂。

夜未央。每次讀到這句，就好似唇齒之間開出一朵素雅的花，不濃烈，卻芬芳長存。這首詩的名字叫《小雅·庭燎》。

她的名字，就叫小雅。未央與小雅，如同匆忙塵世裡波瀾不驚的江南流水，緩緩地流過有緣人的心間，引人駐足停留。

02

「她喜歡小東西，這些茶具都是她挑選來的。」他說這話的時候，眼睛望向正在泡茶的她，一抹深情在他的言語間、眉目間流動。

「許多人來我們的小店，都以為是做茶的，其實，做茶只是愛好。」他又繼續說。

他的聲音很輕，猶如從時空中穿越而來，但每一句每一字，都像沾了梅雨的花蕊那樣清澈潔淨。她把沖泡好的茶為我們續上，杯底是幾片青竹，茶湯在杯中，靜而雅，輕輕地呷一

口，味道清淺，香溢唇邊。她依然淺淺地笑，酒窩亦淺淺地掛在嘴角，溫柔極了。

她的身後是一個置物架，架子上擺放著各類茶具，最上面是一把摺扇，扇面上是她親手寫的「長樂未央」四個字，字跡充滿古意，這是她的氣質。器物無聲，但同樣深情，在你與它相遇的剎那，會生出許多難以言說的一往情深。我想，這就叫做珍惜吧。

「這是我篆刻的印章。」她拿出兩枚印章，一枚刻著「小雅」，一枚刻著「長樂未央」。

可以將熱愛實現，這是許多人都嚮往的，但大多數人都只把愛好當作愛好，不願付出更多去努力、去探究，所以終其一生都活在別人的喜樂中，卻給自己留下諸多遺憾。

她卻不然，愛，就把這份愛變成日常生活。

讀書的時候，她學會計，卻對藝術情有獨鍾。喜歡繪畫和書法，就讓繪畫和書法走進自己的生活。

工作室的玉雕作品，皆為她設計、他雕刻。有時，她也會雕上幾枚。她把對古典美學的熱愛融入翡翠、美玉的設計中。一枚胸針，取名「在天願作比翼鳥」，簡單的小枝上，棲息著兩隻鳥兒，鳥兒相對，深情地望著彼此，愛意濃濃。

愛是什麼？是柴米油鹽，朝朝暮暮，眉眼之間，皆是你。

前些天看到這樣一段話：「往後餘生，風雪是你，平淡是

你，清貧是你，榮華是你，心底溫柔是你，目光所至是你。」
這大概就是愛情的模樣吧，因為遇見的是你，無論清貧還是富
貴，內心都是快樂的。

03

「讓我掉下眼淚的，不止昨夜的酒；讓我依依不捨的，不
止你的溫柔……」

熟悉的旋律飄進耳朵，他抱著吉他，輕輕撥動和弦。高中
時，他是班級裡唯一會彈吉他的男生，而那時的她還是個青澀
懵懂的小小少女。一個白衣少年，一個清秀少女，在梔子花開
的季節，相愛了。

夏天的風，吹過青綠的草地，吹過紅色的操場跑道。她的
長髮與微笑，像五月的陽光落進他的心窩。他乾淨的白襯衫和
輕輕飄來的琴聲、歌聲，從此亦住進她的腦海。雲朵那樣白，
如同他們剛剛開始的愛情，純淨無瑕。

遇見你，是我這一生最美麗的意外。

時間在他們的身上，似乎只種下了更深的牽絆。也許，這
就是「願得一人心，白首不相離」吧。一對靈魂伴侶，因為懂
得，所以慈悲。

夫妻倆曾經奔波漂泊，曾經在漫漫紅塵中碌碌向前，但最
後發覺初心珍貴。畢業於中國地質大學的他，熱愛玉雕，熱愛

人與自然的那份契合。他們從上海回到崑山，守一家小店，安一隅歲月。

　　人與藝術之間，得靠機緣。回到家鄉的他，認真鑽研雕刻技藝，小小的石頭在他的精心雕琢下，成為耳墜、擺件、胸針。而她把自己對美的認知，融入在作品的設計中，為一枚玉珮添上流蘇或者中國結。兩個人就這樣相互支持，共同打理著這份小事業。

　　閒暇的時候，他為她彈吉他、唱歌，她為他泡茶、彈古琴。在這間小小的工作室裡，她的琴和他的吉他安靜地擺在一起，猶如她和他，安穩地兩相依偎。

　　她說起古琴，眼睛裡閃著光芒，開始只是單純地喜歡，於是就去認真地學了、彈了、愛了。正是因為這樣單純的心，兩個人愛得簡簡單單、快樂幸福。

　　宋代詞人李之儀在《卜運算元·我住長江頭》裡寫道：「只願君心似我心，定不負相思意。」他和她的愛情，便是兩心相悅，莫失莫忘。塵世間，情最難得，有人可愛，並同樣被對方愛著，是最大的奇蹟。世間萬物，因愛而深情。

04

　　五月的梔子花，在枝頭清清淡淡地開著。他用吉他彈〈梔子花開〉，她唱「光陰好像流水飛快，日日夜夜將我們的青春

灌溉」。大概再多紅塵煩擾，都抵不過兩個人相守的時光。

我看著他們的模樣，好似有人在心湖投下了一枚石子，激起陣陣漣漪，「心動」兩個字躍入我的腦海。愛情，原來可以這般詩意，原來古詩詞裡的浪漫，在現代的生活中同樣真實地存在著。

藝術，其實就是對生活的感知。她和他，都是擁有感知生活能力的人。工作室的所有裝潢都由她親手打造，窗軒、布簾、屏風，皆有古意。布簾上有手繪圖案，屏風上靜靜開著一枝素蓮，進門處的小開窗，很有江南園林特色，她擺了植物和乾花，燈光打下來，讓人生出「隱」的意味。

她喜茶，對日本文化有著深入的了解。她同樣愛漢服和《紅樓夢》，有很深的中國古典文化情結。美的東西從來都不分地域和國界，美，是對光陰的熱愛，是對世間萬物的痴戀。

只要是她愛的，他都陪她一起愛。每隔一段時間，他們都會放下手中的工作去遠方旅行。因為看了蔣勳的《吳哥之美》，她去了柬埔寨，後來又去了清邁。遠行，是為了更好地歸來，他們不是常年走在路上的旅行家，但他們走過的每一步，都有愛和溫柔。

旅行的意義，是你在路上感知到的生命的奇妙，以及和陪你一起上路的那個人同遊一程山水的難得。

05

　　人與人之間，一定存在著吸引力法則，初次想見卻如舊友相逢，往後時光深遠，便是默然長情。雨停，江南依然如詩如畫，小城依然樸素自然。茶微涼，墨色的天悄悄籠罩在小城上空。

　　夜如何其？夜未央。

　　夜未央。長樂未央。春來夏往，秋去冬臨，四季更替，唯愛永恆。往後餘生，心底溫柔只為彼此。

穿越人山人海，只為與你執手相看

南方的梅雨季總是詩意朦朧，那個下午，他泡茶，我們坐著聽他說起往事。

這是他的工作室，名叫「閒居」。他說，現代人太喜歡追趕，忙忙碌碌，卻不懂得照顧自己的內心。閒，其實更是一種生活狀態，是不緊不慢，與心愛的人做熱愛的事。

他在工作室裡養了許多多肉植物，粗陶小瓶，明亮瓷盆，精緻秀氣，安然立於一隅。小店門口擺放著花架，往裡走，有吉他、薩克斯風、古琴，還有簫和笛。這些樂器，他都可以演奏。而他本身的職業，是一位書法老師。

他穿藏藍色棉麻布衣，微胖、高大，有北方男人的氣場。他講話很輕，不會滔滔不絕。

我始終相信，每個人都有不同的氣場，他的氣場，是古。

五年前，他是漂泊在天涯的瀟灑少年。五年後，他是這座江南小城閒居的主人。

01

青春少年，意氣風發，誰不曾把夢想許給海角天涯。雪山、經幡、犛牛、格桑花、藏族姑娘、布達拉宮……西藏，是一個地方，更是無數人心中的信仰。

那時,「藏漂」這個詞剛流行。許多文藝青年背起行囊,走在朝聖的路上。

他,就是其中的一位。

他背著吉他,跨過山川大河,穿越人山人海,在山路間磕長頭,在大昭寺的廣場上歌唱著青春和愛情,歌唱著遠方和夢想。

在拉薩,他遇見愛情。去拉薩,他失去愛情。

02

離開蘇州前,她問:「可以為我留下來嗎?」他那時真是倔強呀,夢想,比愛更重要。他望著她的眼睛,沉默了片刻,轉身離去。

他們高中相識,大學異地四年,畢業後,原本以為終於可以一起為未來奮鬥,卻沒想到這段感情在他那遠大的夢想面前遜了色。

高二下學期,她轉學來到他的班級,坐在他的前排。十七歲女生的乾淨,在她笑起來淺淺的酒窩中蕩漾開來。她梳著長長的馬尾,綁著一條天藍色的蝴蝶結髮帶,光潔的額頭下面是一雙忽閃著長睫毛的大眼睛。

他曾為她寫詩:

夏天的星空／躺著無數雙小眼睛／妳的長睫毛上／躺著星星一樣的光／誰也不知道／未來會在哪邊／然而／我總是希望／未來是有妳的方向

操場上留下他為她寫的歌曲，課桌的抽屜裡藏著她為他買的早餐，那如星星般燦爛的青春，每回憶一次，心就跟著甜蜜一次。其實，回憶有時候並不傷人，因為曾經擁有過，即使最後錯過，也只不過是情深緣淺。

最奮不顧身的是大學四年。她在北方，他在南方。所有的思念，都只得付於紙上。後來他彈吉他唱著「紙短情長啊，訴不完當時年少」，這首歌唱出他四年的回憶。愛的誓言，真的曾經寫了千千萬萬遍。

她出生在冬天。二十歲生日那年，北方下了很大的雪，他坐了一晚上火車來到她的城市。當她接到那個陌生的電話時，極不情願地走出宿舍去校門口取快遞，可當她看到風雪中手捧玫瑰的他，眼淚「嘩」地就落了下來。

他說：「我想在她二十歲生日那天，給她個驚喜，就讓門衛大爺幫我演了這場戲。」雖然後來他們各自天涯，但他說起這段往事，眼角眉梢依然浮現著笑容。我想，這大概就是擁有過便無悔吧。

異地戀，最苦的不是距離，是思念。兩顆跨越萬水千山的心，小心翼翼地相互呵護。畢業那年，她把簡單的行李打包，

奔赴他的城市。只是，他要去遠方，尋找詩與信仰。

南方的冬天，雖然沒有大雪瀰漫，但卻冷得蝕骨，她不知道自己是被這裡的溼氣侵襲，還是被他的決絕凍僵。他離開的時候，她只問了一句：「可以為我留下來嗎？」他轉身，留給她一個漸漸模糊的背影作為答案。

03

大昭寺廣場，日光明亮，他彈著吉他唱著歌，看著過往的信徒虔誠的步履。其實我們每個人都是生活的信徒，有的人在佛前五體投地，有的人在都市負重前行，都是修行，只是方式不同而已。

信仰，是牽引他們相遇的紅線。那年，她大三，坐著綠皮火車來到拉薩，赴她和女性密友的五年之約。

高二那年，她們坐同桌，她安靜、不善言辭；她熱情、青春洋溢。就是這樣性格迥異的兩個人，後來成了彼此生命裡的「七月與安生」。七月、安生是安妮寶貝小說裡的兩個人物，她曾對她說：「我願做妳一生的安生，哪怕有一天我們道別，我亦會在世界的某個角落，默默地佑護妳一生安生。」

她們都喜歡文學，喜歡安妮寶貝的文字。她讀了《蓮花》，心生了去拉薩的夢想。她說：「五年之後，我們的畢業旅行，去拉薩。」

高中畢業，她去了北方讀大學，她則因高考失利，讀了省內的一所專科院校。離開故鄉的那天，她輕輕地抱了抱她，說：「五年之約，別忘記。」

而今，她大三，她畢業，她們在這個暑假相伴來到拉薩，來到這座嚮往了五年的城市。

在拉薩的日子，他以在酒吧駐唱維持生計。每週三、週六和週日的晚上，他會背著吉他來酒吧唱歌。那家酒吧有個好聽的名字——不橫。掌櫃是個中年男人，留著稍長的頭髮，略帶滄桑和故事感。

那天，拉薩下了雨，酒吧略顯冷清，她和友人坐在角落，而他唱了一首自己新寫的歌——〈南方故事〉。

歌詞是這樣的：

南方的六月／梅雨溼了妳的長髮／我坐在老屋門前／唱著妳最愛的那首歌／妳說喜歡梅雨／烏篷船從屋後經過／茉莉花開在窗前／思念在心底蔓延／那關於愛的故事／卻早已走遠

她聽著聽著，竟小聲哽咽起來，不知是他唱得太動情，還是歌詞寫得太深情。聽到她微弱的哭聲，他抬起頭，撞上了她噙著淚的雙眼，酒吧裡慵懶的燈光落在她的臉頰，他的心微微悸動。

她坐到酒吧打烊。外面的雨還在淅淅瀝瀝地下著，在玻璃窗上滑出水痕。他收拾好吉他準備走出酒吧，卻發現自己忘記帶雨傘。他靠在老舊的酒吧木門邊上，她走過來輕輕地說：

「喏，給你傘。」他再次撞上她的眼睛。她說的是「給你傘」，而不是「撐我的傘吧」。雖然她的聲音很輕，卻有著不可抗拒的溫柔力量，好像是專門來為他送傘的人。喏，給你傘。

他接過傘，她和友人撐一把傘，三個人走在拉薩的街頭。

靈魂契合的人，只要相遇就能認出彼此，甚至無須形式化的「我愛你」。

旅行結束，他送她到車站，她問：「你會等我嗎？」他答：「我等妳。」

他想起那一首詩。

那一天／我閉目在經殿香霧中／驀然聽見你誦經中的真言／那一月／我搖動所有的轉經筒／不為超度／只為觸控你的指尖／那一年／我磕長頭匍匐在山路／不為覲見／只為貼著你的溫暖／那一世／我轉山轉水轉佛塔／不為修來生／只為途中與你想見／那一夜／我聽了一宿梵唱／不為參悟／只為尋你的一絲氣息／那一月／我轉過所有經筒／不為超度／只為觸控你的指紋／那一年／我磕長頭擁抱塵埃／不為朝佛／只為貼著你的溫暖／那一世／我翻遍十萬大山／不為修來世／只為路中能與你相遇／那一瞬／我飛升成仙／不為長生／只為佑你喜樂平安。

她離開後，他依舊在拉薩，唱歌、彈吉他。回到學校的她，已進入大四生活，課業不多，許多同學都開始計劃著找工作，然而她不著急，因為她知道，還有個人在拉薩等她。

偶然的機會，她看到一篇藏地支教的報導，萌生了去支教

的想法。她把這篇報導發給他看，他深深懂得自己愛著的這個女孩，所以他說：「我陪妳。」

大四下半學期，她帶著對藏地的熱情與愛和他重逢。他們支教的學校位於西藏北部的安多縣，那裡有燦爛的桃花、瓦藍的天空、冰潔的雪山，還有孩子們單純質樸的笑容。

她帶孩子們領略世界的美麗，他彈吉他為孩子們寫下成長的歌曲。他們一起在這所小學留下青春的歌聲和快樂，寫下相愛的美好與浪漫。

支教為期一年，期滿後，他帶她徒步走了一趟川藏線。

如果你愛一個人，就和她一起走吧。在路上的萬千風景，不及她回眸一笑的燦爛。一個人的旅行很酷，兩個人的旅行卻很溫柔。雖然路上有重重考驗，但也有許多浪漫。他們經歷過烈日當頭的曝晒，也遇見過聖潔巍峨的雪山，他們走過蜿蜒曲折的溝渠，也在星空下許下海誓山盟。風風雨雨走過，他們更懂得珍惜彼此、憐惜眼前人。

04

五年前，她說：「我想去你生活過的江南看看。」

他擁她入懷，眼睛裡盛滿憐愛，輕輕地說：「我們回家。」

高山、湖泊、河流、城市、鄉村。蜿蜒縱橫的河流，臨水而建的白牆黛瓦，蔥鬱又小巧的綠林。她望著車窗外的風景，

眼角眉梢浮動著幸福的笑容。

　　他早已不是二十二歲的那個少年，如今的他，懂得珍惜，懂得善待愛和緣。

　　火車停靠在蘇州站，他牽她的手走出車站。蘇州，氤氳著江南氣息的隱士遺風。她愛上這樣的逍遙灑脫，想守歲月以度閒日。他們在姑蘇老城區找到一家背後臨水、門前臨街的老屋，取名閒居。

　　老屋不大，往裡走有個小院，她在院子裡親手種下許多花草，四季都有芬芳相伴。少年時，他曾習字，他們定居蘇州後，他便在閒居辦起書法課，每天都有孩子過來上課。而她就陪伴在他的左右，安享簡單、樸素的生活。

05

　　六月的雨，纏綿多情。抬頭望向門外，老街上行人三三兩兩，步履匆忙，有些清冷的感覺。蘇州也是這樣，緩慢、無聲、平常。

　　茶微涼，點心吃到一半，起身道別。匆匆往來，唯道珍重。

　　愛在朝夕之間，在深情的陪伴中。半生漂泊，半世安生。無論腳步走得多遠，夢想有多麼華麗燦爛，都只是為綿長愛意和悠長歲月做的鋪墊。

沒有藝術的生活就像一口枯井

　　生活有時顯得漫長而荒蕪，但它的底子是錦緞，藝術，便是這錦緞上的錦上花。如果說，音樂是悅耳的藝術，文學是悅心的藝術，舞蹈是悅身的藝術，那麼，繪畫，則是淨化身心、取悅雙目的藝術。

　　西方油畫的神祕，東方國畫的意境，雖然類別風格不同，但最終都落在一個字上：美。

01

　　在朋友的陪同下，我再次與畫家鄧名海對坐飲茶。這一次，他穿著有點舊的麻質米白襯衫，襯托出他的樸素與簡約。後來他說：「我妻子時常說我對自己太隨便，幾百塊錢的衣裳照舊穿，但在繪畫上我卻很大方。一張畫，裝裱下來幾千塊，甚至上萬塊，我從來不會心疼，購買畫材也從不吝嗇。」

　　一個對藝術執著的男子。我心裡暗暗確定了這一點。

　　說起來，認識鄧名海純屬偶然，但我相信偶然其實都是必然，因為對藝術有著同樣的熱愛，所以第一眼就認出對方是可以成為朋友的人。

　　那天，在朋友的工作室閒坐，聊起一些關於人生、藝術的話題，得知身邊竟然還坐著一位畫家。於是，與鄧名海交換了

聯繫方式，朋友說：「他的故事很精彩，改天妳可以專程拜訪。」

說來也巧，沒過多久，我們又見面了。

這一次，是在鄧名海位於蘇州大儒巷上的油畫工作室。六月的夏夜，涼風微微，平江路褪去白天的喧囂，歸於幽靜。上平江路，過青石小橋，進大儒巷。

昏黃的路燈打在地上，把行人的身影拉得老長。鄧名海的油畫工作室有個很特別的名字：一個藝。我們開玩笑說：「這是要先賺一個億嗎？」坐在旁邊的鄧名海不好意思地笑了笑。

「藝」非「億」，這個「藝」，是他對繪畫孜孜不倦的追求，是他對自由人生的嚮往，更是他對待生活的態度。在這個越來越浮躁的世界談論藝術似乎顯得有些飄渺，但沒有藝術的生活就像一口枯井。藝術，是這枯井裡的甘泉啊，有之，井活；無之，井枯。

02

「談一談您的藝術生涯吧。」朋友開口說道。

我點點頭，「您從小就很熱愛繪畫，是從小開始學藝的嗎？」

鄧名海又是淺淺一笑，他很愛笑，那笑容裡，有幾分真誠，又有幾分樸實。「這要從湖南湘西的那個小村莊說起。」鄧名海回憶著說。

　　出生於八十年代初的鄧名海並沒有從小含著金湯匙。偏僻的村莊裡，一個家庭的收入很難供得起兩個孩子一起讀書，鄧名海家也不例外。高中那年，懂事的鄧名海選擇退學南下，打工以供哥哥讀書。

　　鄧名海的哥哥鄧明清也是一名畫家，畫的是傳統中國畫。兄弟二人一個東方，一個西方，在繪畫上都頗有造詣。

　　輟學的鄧名海最初在廣東一帶的工廠做工人，後來有一次去鄧明清就讀的中國美術學院看望哥哥，便留在學校附近的美術材料行做了店員。這樣一來距離哥哥更近，更加便於彼此照顧；二來可以擁有更好的生活環境，大學周圍總是比工廠裡要好一些。

　　鄧名海沒有想到，就是那幾年的店員生涯徹底改變了他的人生軌跡。

　　店裡生意不忙的時候，鄧名海就自己臨摹一些大師的繪畫作品，哥哥和同學常常會去那家材料行裡買東西，有時候也會給鄧名海指導一二。

　　勤奮的鄧名海就這樣畫了幾年，畫作已經有了自己的風格。這時，哥哥鄧明清大學畢業，鄧名海決定再次回歸校園，參加高考。

　　曾經，弟弟工作供哥哥讀書；如今，哥哥學成，賺錢供弟弟讀書。

回到高中校園的鄧名海此時已經二十歲，是高三畢業班中年齡最大的學生。

經過一年的努力，鄧名海參加了藝術聯考，考上了天津美術學院。高三的一年，雖然鄧名海只是用「努力」二字輕描淡寫地帶過，但一年學完高中三年的課程，我知道，這其中一定還存在兩個字──信念。

鄧名海十分珍惜讀大學的機會，在校就讀期間就已經創作出許多優秀的油畫作品。

說到這裡，鄧名海低頭呷了一口茶。我和朋友感慨，原來，所有的完美背後都是默默的努力和奮鬥。

03

我起身，一幅幅地欣賞工作室裡掛著的作品。太湖、田園、少女……他的畫，給予人靜的美感。

「這些田園風景的油畫，都是近期創作的。」鄧名海說。

「哦，我看您畫的這幾幅都是太湖風光。這是明月灣碼頭吧？這是太湖夕照吧？」

「是的，這幾幅都是春天去寫生時畫的。」

「您能聊一聊您對江南水鄉的感情嗎？是從小嚮往？還是……」我隨即問。

鄧名海笑了笑，理了理身上的襯衫，向我們緩緩道來。與

鄧名海交談的時候，你總能感覺到他自身的一種樸素氣質，與江南很像。

「我到了蘇州後，才深深地愛上了這座水鄉小城。早先只是在書中讀到過江南的概念，但並未有太深的感觸。後來到了蘇州，親身在這裡生活過才明白，難怪江南自古便為文人墨客所歌詠，這裡已經不單單是一個地域的代稱，更是一種文化的符號。在這裡生活，有人與你談論藝術，不緊不慢地保持著自己的步調；在這裡生活，就像小河裡的遊船，不必追求駛得多快多遠，只要緩緩順著水波漂流。」

04

「這是我的繪畫作品集。」鄧名海從木桌上拿起一本叫做《羞澀的青春》的畫冊。我接過來，封面上的兩幅少女油畫作品吸引了我的注意。這個工作室裡掛著的最大的兩幅油畫作品，同樣是少女的形象。

欣賞一幅人物油畫，我最先注意的是眼睛，因為從人物的眼睛中可以看得到創作者的渴望。鄧名海筆下的這些少女，眼睛裡是無盡的純淨，還有略微的懵懂。

開啟畫冊，開篇是鄧名海在天津美術學院時的導師為其題寫的序言。導師在文中寫道：「鄧名海在畫中表達了他對世界的觀察，傾注了他的情感。他看到生活中那些清純的女生，她

們那微妙的動作和表情訴說著對生活的憧憬，給予人青春生命的賞心悅目。他看到大自然中清純的蓮荷，荷葉在微風中搖曳，把人帶入純淨的夢想。上學期間，他畫那些女生的肖像，也畫那些有荷葉的風景，這兩個主題是他的最愛。」

荷、少女，這是兩個代表乾淨與純潔的主題。從鄧名海的畫作中不難看出，他是個很純粹的藝術家。畫冊裡收錄了大量鄧名海創作的少女和蓮荷作品，所有少女都有一個共同的特點，那就是純淨的眼眸和羞澀的面龐。鄧名海畫荷，會將少女與荷結合，互相映襯。

「畫家對美都有獨特的見解，因為繪畫本身就是審美的藝術。那麼，您認為什麼是美呢？」我丟擲這樣一個意識流的問題。

「純粹。」鄧名海回答得簡潔又乾脆。

妙哉，萬物沾染了塵世，就總有不可避免的濁氣，所以，純粹為最美。

05

鄧名海是個有詩性的人，如果以古代的人對照，我覺得他像莊子。鄧名海的心中有一個夢幻自由的世界，那是他的精神寄託。

只是，人活在當下，很難做到完全灑脫，不會如林和靖梅

妻鶴子、孤山終老，亦不會如陶公攜妻兒南山種豆、東籬採菊，但如果我們換一種思維，平淡溫馨的小日子未嘗不是美好——有伴侶的陪伴、孩子的撒嬌，還有一日三餐的人間煙火，一家人為更好的明天努力奮鬥。

對於藝術，鄧名海追求的是純粹，但他也接受現實的洗禮。

剛畢業的時候，他去畫廊工作，後來因為渴望自由的創作便離開畫廊，自己創辦工作室。在木瀆鎮，鄧名海還有一個大畫室，平日在那裡教人繪畫。天氣好的時候，鄧名海就帶著學生到處寫生，走進大自然，用畫筆畫下心中的純粹。

一手夢想，一手現實，只要我們用心愛著，每一天都會很美好。世俗意義上的關係與擁有，內心渴望的夢中幻境，各自有各自的好。我們要學會感知它的好，而不是它的千瘡百孔。

談及藝術人生與紅塵俗世的話題時，其中一位朋友的觀點大致是這樣：藝術，必要有所犧牲。如果把繪畫藝術當作終生的追求，那麼必然要犧牲安穩與平淡。

為什麼兩者不能尋得平衡呢？

我想起曾經看到過的一個帖子，說的是南京有一位畫家，在女兒出生後，用中國畫的形式畫下女兒的肖像，記錄著女兒的成長。看到那些作品，我感動到落了淚。你瞧，他也在追求藝術，但他也在甘之如飴地為家庭付出，塵世裡那些瑣碎的小

幸福，成了他藝術的養分，亦使他的生命變得更加充盈。

藝術不應該只屬於孤獨，要不然，它就太曲高和寡了。

我有個女性作家朋友，她追求文學藝術，但也熱愛瑣碎的溫情。她嫁人時有人對她說：「妳不該跳入婚姻的牢籠，妳應當與不同的男人談戀愛，這樣才能為妳的創作汲取靈感。」她微微一笑：「如今的生活我非常珍惜和滿意。」

不是轟轟烈烈才能延續藝術的生命，那些尋常日子裡的點滴，亦可以成為藝術。後來，我那位作家朋友筆下的文字充滿脈脈溫情，她的文學之路，在另外一半的陪伴下，越來越柔軟細膩。

我的作家朋友和南京的那位畫家父親，他們都是在做出了選擇之後，悅納了這個選擇帶來的一切。

所以，無論選擇了怎樣的人生，都不要糾結失去和遺憾。相信在做出選擇的那一刻，我們已經擁有了最好的人生，努力、用心去感受它就已足夠。

06

話題止於此，夜已深，朋友要趕回崑山的末班車，鄧名海也要回家陪伴家人。一期一會，這樣也好。

鄧名海騎上一輛電動車，背影消失在夜色之中。我與朋友慢慢地走過大儒巷，互道再見，相約往後。

愛的語言

林木清在十二歲那年遇見了夏蔓草。

十二歲的那個夏天，金色的陽光被斑駁樹影打碎，落在城市的街道上，落在林木清的少年時光裡，落在夏蔓草飛揚的裙襬上。

夏蔓草被班主任帶到教室，指了指林木清旁邊的座位，輕聲說：「蔓草，妳坐這裡吧。」

夏蔓草不緊不慢地走向座位，走到林木清的旁邊。林木清抬頭看了看座位旁的女孩，白色過膝裙，白色T恤，齊耳短髮，戴著一副眼鏡，但那眼鏡並沒有影響她的美，反而為她更添幾分書卷氣。陽光穿過玻璃窗灑落在她身上，為她鍍上一層柔光，有一種朦朧、夢幻的美。

林木清的心微微悸動，但十二歲的少年並不知道，這是男生對女生的心動，這是愛的萌芽。他又是個羞澀的男孩，哪怕愛與欣賞已經悄然萌生，他依然只會把感情深深埋藏在心底。

一如林木清的父親和母親。

01

十五年前，林立遇見許藝。那時，林立二十五歲，許藝二十三歲。

　　林立和許藝是典型的中國式婚姻，八十年代初，奉父母之命，媒妁之言，兩人結為夫妻。在傳統的家庭觀念裡，結婚，就是兩個人做個伴，生育後代，組建一個叫做「家」的避風港。至於愛與不愛，根本就不會有人提起。

　　一個男人，一個女人，一個小孩，由家庭這根線串聯起來，三人之間有了牽絆，成為彼此生命裡那個無法割捨的存在。

　　林木清出生後，林立為了生計跟著村上的人外出打工，先是跟著工頭，在城市的建築工地工作。由於林立腦子靈光，人又努力，慢慢開始自己領隊工作，成了一個不大不小的包工頭。

　　許藝在家裡照顧林木清和公婆，是非常傳統的家庭主婦。林立的包工頭生意越做越大，九十年代初開始自己買地，開發房地產，成了小縣城裡第一批開始有錢的人。後來，林立在縣城買了房子，把許藝和林木清接到城市生活。

　　林立和許藝都不會表達愛，或者說，他們不知道什麼是愛，只是默默地為生活奔波、努力，盡著身為妻子、丈夫、兒女、父母的責任和義務。在這樣的家庭中長大的林木清，對愛的認知是模糊的，他不知道什麼是心動，什麼是想念，什麼是愛情。

　　林木清的家，沒有溫暖，但也沒有爭吵，就像空氣，存在

著，卻又沒有任何存在感。所以，當他初次遇見夏蔓草的時候，他不知道，這就是心動，是愛與欣賞，是男生與女生之間溫柔的小祕密。

02

初中三年，夏蔓草始終坐在林木清的右側。他們交談不多，大多數時間，兩個人分別在一個個方程式中沉默。

林木清國文成績非常好，作文常常得滿分，還經常在中學生雜誌上發表文章。他心中的情感從筆尖流淌，化作紙上一個個生動的故事。他筆下的女孩，總留著齊耳短髮，愛穿白色Ｔ恤。他筆下的男孩，總是善良而又羞澀。

「一二三四，二二三四，三二三四，四二三四……」

隨著廣播裡的音樂，同學們開始了課間操。在做張開手臂的動作時，林木清不小心碰到了夏蔓草的指尖。明晃晃的陽光和初見那天一樣，落在廣闊的操場上。他看到夏蔓草指尖閃動著的陽光，羞澀地低下了頭。

這是他們同桌兩年以來，他第一次碰到她的手指，涼涼的，他的心卻像觸電一樣，閃過一絲悸動。林木清的面頰泛起微微紅暈，他不敢抬頭看夏蔓草。

初中三年很快結束，他們一同升入高中部。夏蔓草被分到四班，林木清則在重點一班。不能抬頭就看到夏蔓草，林木清

只好每天放學後，穿過整個教學大樓，繞到四班旁邊的樓梯下樓，這樣就可以假裝與夏蔓草偶遇。

高中三年，林木清也曾收到女生的情書，但他的心裡，早已住著蔓草。他拒絕了那些女生的情書，卑微又孤獨地守護著他的愛，在青春日記裡一遍一遍寫下蔓草的名字。

03

大學，林木清和夏蔓草依然在同一所學校。其實，所有的巧合都是林木清的用心。他從夏蔓草的同學口中，打聽到蔓草填報的學校和專業，原本可以上一個更好的大學的他，毅然選擇和蔓草一起，填了省內一所普通大學。

一個人的愛，原來可以這樣執著與深情。可是，執著與深情有什麼用呢？連一句告白都不敢，又算什麼愛呢？

由於是同鄉又是高中同學，林木清和夏蔓草開始走得很近，但始終都是朋友以上，戀人未滿的狀態。林木清像個大哥哥一樣，處處照顧蔓草。而蔓草的情感亦只停留在兄妹的關係裡，因為她從未想過，這個高大帥氣的男生會喜歡自己。

長大後的林木清更加清瘦俊朗，眼睛雖然不大，但又細又長，像漫畫中的男主角。再加上林木清很愛穿白色 T 恤，衣服上始終都散發著洗衣液的味道，他成了學院裡許多女生暗戀的對象，而這樣的暗戀也讓夏蔓草逐漸被女生們疏遠。

好在蔓草心性淡泊，並不熱衷於和女生們嘰嘰喳喳鬧成一團，她像一朵自由綻放的花，潔淨、從容，彷彿立於雲端。大學裡，蔓草唯一的好朋友是秋微，然而，就是這最好的朋友，讓蔓草心力交瘁。

蔓草本不屑於在暗地裡耍心機，卻被人在暗中利用了。

大學剛入學時，秋微與蔓草同宿舍，並且住在蔓草的下鋪。當所有女生都說蔓草孤芳自賞，不願與她交往時，只有秋微挽著蔓草的手臂，說：「我們一起去餐廳吧。」

秋微的性格，一點也不像她的名字。她沒有秋天的冷清沉靜，相反，她熱情活潑，更像夏天的一團火，能帶給人溫暖，卻也會燒得人體無完膚。

那個九月，蔓草把最純真的友誼交給了秋微。她想，大學裡，有林木清這個哥哥，有秋微這個好朋友，生活待她真是情深。

如果沒有那次偶遇，如果她沒有停下來側耳細聽，如果……

這世界上沒有如果，發生了，就是發生了。蔓草回憶起那個深秋的傍晚。

風劃過小腿，已經感受到涼意，夏蔓草從圖書館出來，穿過那條香樟樹大道，準備去取早已訂好的生日蛋糕。今天，是秋微的生日，這是蔓草認識秋微以來，第一次幫她過生日。她

想要給秋微一個驚喜，所以早早訂了蛋糕，準備晚上帶給秋微。可是，就在她去取蛋糕必經的那片楊樹林，她看到了秋微和林木清。

秋微穿著那件新買的白色連衣裙，站在林木清對面。蔓草停下了腳步，遠遠地聽到秋微的聲音：「我到底哪點比不上夏蔓草？你從來就沒正眼瞧過我一眼！」

林木清保持著他一貫的溫和，這是夏蔓草與林木清相識以來一直都知道的。他從不會發火，在他的世界裡，好像就沒有「憤怒」二字。

「對不起，秋微。」林木清低聲說。

「林木清，我告訴你，我最討厭夏蔓草。你以為我和她是好朋友嗎？錯！要不是因為你們是老同學，你經常和她在一起，我才懶得理她！」秋微歇斯底里地發洩著自己的不滿，「好，你喜歡她，你會後悔的。」說完，秋微轉身跑出楊樹林。

蔓草怔怔地站了好久，直到夕陽的餘暉一點點消失，夜幕降臨。林木清喜歡我？蔓草心中打出無數個問號。這麼多年，蔓草從不知道他們之間的感情是友情還是愛情，因為她從未去想過這個問題。可是秋微說，林木清喜歡的是夏蔓草？如果是這樣，林木清為何從未告訴過自己？如果是這樣……

林木清一直不都是哥哥嗎？

夏蔓草不願再想。關於林木清，關於秋微，關於煙花般絢

爛而短暫的情誼。

她打電話給蛋糕店的老闆娘：「蛋糕留在店裡吧，不需要了。」然後獨自走進暮色中。

經歷了好朋友的背叛，蔓草後來的大學生涯再也沒有推心置腹地交過朋友。她的生活一如往昔，圖書館、餐廳、教室、宿舍。陪在她身邊的只有林木清，那個傻傻的、默默守護她的男生。

04

大學畢業後，林木清的父親希望他繼承家裡的產業，留在故鄉。而夏蔓草選擇遠方，去她嚮往的北方城市闖蕩。林木清決定背離父母的願望，和夏蔓草一起去到了她嚮往的城市。

文藝的人說，陪伴是最長情的告白。但S.H.E也在歌曲中這樣唱過：「友達以上，戀人未滿，甜蜜心煩，愉悅混亂。」

在新的城市，夏蔓草依舊一個人，做著自己夢想已久的編輯工作，住在城市的最北邊。林木清做了工程師，這正符合他大學的專業，住在城市的最南邊。他和蔓草之間的距離，要跨越整座城市。

陌生的城市，陌生的人群，夏蔓草與林木清成為彼此生命裡為數不多的情感寄託。只是，他們不知道這樣的感情，是友情還是多年以來的習慣，更分不清，他們之間究竟是愛情還是親情。

　　蔓草也曾想過，也許自己喜歡過林木清。蔓草還曾想過，如果林木清告白，或許就答應他，兩個人在一起吧。蔓草想了很多很多，卻總是理不出頭緒。罷了，想不明白的事情，就不去想了吧。

　　半年後，蔓草戀愛了。在那個寒冷的冬季，男孩握緊蔓草的手說：「我們在一起吧。」北方的小城，下了很大的雪，蔓草被他握著的手，卻是那樣溫暖。蔓草點點頭，輕輕地倚靠著他的肩膀，她知道，自己心動了。

　　蔓草帶男生去見林木清，林木清表現得溫和而自然，一如往昔，還叮囑那個男生，一定要好好愛蔓草。

　　那次晚餐，他們很快就吃完了。林木清回到家裡，終於掩飾不住，開始抽泣。「蔓草……」他小聲喚著她的名字。林木清以為，他們會自然而然地在一起，他們會如十二歲相遇時那樣，遇見了就一路走下去，他們會成為彼此生命裡不可或缺的存在……

　　可是他忘記了，愛，是需要表達的。他更忘記了，一份感情，不只是站在對方一轉身就看得見的地方，還需要告白，需要浪漫，需要一份愛的承諾。這樣的愛，才讓人心安。無論雨雪還是風霜，無論海角還是天涯，因為那一句誓言，緊握的雙手不會分開，深情的眼眸中只有彼此。執子之手，與子偕老。

05

那個男生對蔓草很好，是蔓草的兄長，是蔓草的朋友，更是蔓草的愛人和知己。冬去春來，蔓草帶他回到故鄉，蔓草的父母都很滿意，決定次年春天，為他們舉辦婚禮。

三月，小城浸泡在花香之中。蔓草的禮車穿過一條條老街，一路芬芳。林木清沒有參加蔓草的婚禮，而是一路跟著禮車，送她出小城。

「別送了，就到這裡吧。」

婚車快要駛出小城的時候，蔓草給林木清發了條簡訊。她知道，這一生與林木清的緣分，只能到這裡了。再見，親愛的木清哥哥。她在心中默唸。

林木清看著手機上的簡訊，停下車子，泣不成聲。當初見到夏蔓草男朋友的時候，他還沒有這麼難過。此刻，他終於意識到，自己有多麼愛蔓草。只是，一切為時已晚。

林木清似乎又看到十二歲的那個夏天，金色的陽光被斑駁樹影打碎，有個女孩穿著白色過膝裙和白色 T 恤，走到他的身旁。女孩留著齊耳短髮，戴著一副眼鏡，淡淡的書卷氣。陽光穿過玻璃窗，灑落在女孩纖細的身上，為她鍍上一層柔光，有一種朦朧、夢幻的美……

她建起一座心靈山谷，傾聽內心的聲音

「木梨谷在哪裡？」我問。

「十全街滾繡坊九號。」她答。

很多年前，我看到一個古村的紀錄片。在徽州，有個古村叫木梨硔，一個與世隔絕的小山村，是徽州海拔最高的古村落。我在網上搜尋著木梨硔的資訊，忽然，「木梨谷」出現在我的視野裡，我喜歡上了這裡的恬靜、優雅，便與谷主結下了這段「君子之交淡如水」的緣。後來得知谷主從黃山來了蘇州，便一直想去看看她。

或許，這將是一場美好的遇見。

01

穀雨過後，初夏即將到來，走在蘇州的老街上，青石，幽巷，濃綠的香樟樹葉透過陽光，在白牆上落下好看的剪影，河水泛著夏日的綠，街上三三兩兩的行人路過，萬物靜謐且美。我們穿過一條條老街和小巷，路過一座座青石小橋，滾繡坊九號的門牌映入眼簾。這是一座獨立的小庭院式二層樓房，木質大門緊閉，門楣上方的石碑上刻著「紫氣東來」四個大字。

「就是這裡了。」她說。

輕輕叩響門環，無人應答。正在尋找另外的入口時，谷主

Wendy緩緩而至。

「嗨，妳好呀。」她溫柔地與我們打招呼。

谷主身著一件白色上衣，看上去是純棉質地，搭配原麻色休閒褲、休閒運動鞋，色彩淡雅、舒適。她整個人少女感十足，給予人明朗、輕快的感覺。我突然想起一種花，叫做洋甘菊。那是一種很小又很淡雅的花，輕輕地嗅，有淡淡芬芳，溫和不燥，非常雅。

說話間，谷主開啟那扇木門，邀請我們移步其內。

院子不大，只幾步就走到了屋內，但不大的院子裡卻別有洞天。木門兩側，植著胭脂粉的薔薇，花開得正自在。薔薇依牆根而植，攀爬在白色院牆上，間有花窗點綴。薔薇的旁邊，是砌出來的兩個小花園，橙黃色的觀賞橘結了一樹，飽滿、富足，紅葉酢漿草種在一口古老的小陶缸裡，另一側，放著一張大照片，照片兩旁是綠色爬藤植物，照片上是一片綠色森林，底部寫著「萬物有靈且美」幾個字。

萬物有靈且美。這是谷主追求的生活狀態，也是許許多多心向自然的人，對生活最誠摯的期待。

由此，我愛上了眼前的木梨谷。

02

谷主帶我們去她的私人書房。環顧四周，四面為書，兩扇門，一扇通生活館區域，一扇通後花園。

「這些都是我的私人藏書。」谷主淺淺地笑，溫柔地說。薄薄的妝容恰到好處，更襯出她的出塵與雅緻。

「她是小隱，作家，寫過暢銷書。」朋友介紹道。

谷主邀請我們坐下，點上香薰蠟燭，煮了茶。

她點點頭，「好棒，我也寫過一本詩歌集。」然後，她拿出曾出版的詩歌集送給我們。

書名是《原》。這樣簡單的名字，亦和她的人氣質相當。素白色的封面上，一朵水墨花暈染開來，靛藍色的花色，暈染的效果是那樣自然天成，又那樣幽靜。

「原，是回歸本真，不忘初心。」她如此說道。

我輕輕地開啟書頁，一幀幀水彩插畫，一首首素心小詩，只看一眼，我便知，這正是我所愛的文字。

「書裡的畫作，是我請朋友幫忙專門繪畫，這些詩歌、隨筆，都是我在黃山木梨硔古村時所寫。」谷主說。

原來如此，那樣一個與世隔絕的古村，日出而作，日落而息，日子簡單靜好，在那裡寫出的文字，也是素心如簡。

生命兜兜轉轉
所有的經歷都不過是
旅程中的遇見
我在你的眼裡
不過是幾次的眨眼
你在我的心裡卻成了永遠
也許相處的關係中
真誠和自然才不會有負擔

讀著這些詩句，如同置身在一片無塵的山野，只有風聲、鳥聲、木犁聲，你也別跟我說什麼紛紛擾擾，這樣的原始與自然，足夠一生交付。

「妳和木梨硔有怎樣的故事呢？」

提到那個小村落，谷主淡然一笑：「很多年前了，我在一本雜誌上看到木梨硔古村，後來，我去黃山尋找這座古村落，當我終於風塵僕僕地站在木梨硔的村口，我知道，就是這裡——我尋找了許久的自然理想地。」

「那時，村子還鮮少被人熟知，我在村子裡遇見一座兩層樓的老房子，那一刻，我怔怔地站在老屋前，覺得自己就該屬於這裡，好似前世就曾相約一樣，兜兜轉轉終於重逢。之後，我開始改造這座老屋，註冊『木梨谷』這個品牌名字。」

「木的質地，樸實、敦厚；梨，代表著純真與乾淨；谷是山谷的意思。」她說，「我希望我們能有一個返璞歸真的生活

方式。人本身是單純的存在，但在社會中，就會變得複雜，因為社會很複雜。這個問題我們無法完全改變，但我們可以不忘初心，守護好內心最本真的那份情感。」

說到這裡我想起一個詞：極簡。我們在社會中，免不了欲，有了欲，就會追求多。然而，過猶不及。越滿越感到徬徨、空洞。人的精力有限，當我們過多地關注「滿」的時候，就會忽視身邊的好。

生命最為珍貴，人的一生，為何要苦苦掙扎在填不滿的「欲」上呢？我們應當將珍貴的生命花在美好的事物上，一朵花開，一片雲來，一個陽光充沛的午後，這些觸手可及的幸福，更該好好珍惜。

聊及生命和初心的話題，我們同頻共振，那時光，真是極妙的良辰。

在木梨硔的時候，留下了許多美好，鄰居的一隻白貓，突然闖入的一隻小狗，下雨的山谷，晴空下扛鋤而歸的農夫……她一一收集，一一記錄，一一拾撿。

03

「我很慶幸，這麼多年來，始終還保持著這份最單純的願景。」回憶起木梨硔的點滴，谷主感嘆道。

「在去木梨硔之前呢？」我問。

「那之前，我一直在職場，活得張牙舞爪。」她輕輕地說，好似在談及一個漠不關己的他人。因為，那個職場上雷厲風行的女總裁，實在與眼前的她無法聯繫起來。

「我從英國紐卡索大學人力資源專業碩士畢業後，先後在幾家大型企業做人力資源管理。一開始，覺得一切都那麼精彩。但人到了一定年齡，就會開始想要回歸。在職場的二十年，我的生活奢華、高雅。」

「職場二十年？」我聽得驚訝。因為，眼前的她看起來真的很少女呀！

「看不出來嗎？」她淡然地笑。

「你不說，我會以為你是一九八〇年左右出生的人。」我如實說。

「不不不，我是『七零後』。」她捋了捋額前散落的發，輕輕地說。

「我喜歡閱讀、旅行，在英國讀書期間，我經常到處遊歷，因為讀了《查令十字路84號》這本書，我也專門去了倫敦查令十字路84號。回國後，只要一有時間我就會走出去，看想看的風景。木梨硔就是這樣的機緣。不過，在木梨硔的時候我還沒有完全離開職場，可以說一面是女主管，建造著商業王國；一面是文藝女青年，構築著樸素田園夢吧。」

「因為閱讀和旅行，讓我始終保持著對自然最樸素的愛。

職場生活過久了，人應該學會找到一種讓自己傾聽得到內心聲音的方式。在職場上，我是人力資源總監，每日與各種人打交道，脫下職業的外衣，我只是一個熱愛自然、喜歡安靜的普通女子。」

　　我欣賞她對待生命的方式：平和、認真，繁華時不退縮，優雅時不空洞。這樣的女子，怎能不少女呢！年齡，對每個人都不偏不倚，但生命狀態，卻需要自己的滋養。生活從來都不只是詩和遠方，但你可以心懷詩和遠方。在谷主 Wendy 的身上，我看到的不是歲月的無情，而是一種很深情的賦予。

<h2 style="text-align:center">04</h2>

　　「我最喜歡梭羅的一本書，叫做《瓦爾登湖》。」谷主談及書籍，與我們說起，「我讀到那本書是大學時，但那時的心境並不能完全體會書中的深意。如今我還會重讀這本書，每次讀，都有不一樣的收穫。還有一部美好的電影，叫《小森林》。塔莎奶奶也是我非常喜歡的一個人。」

　　我們坐在書房裡不緊不慢地暢談著文學、生活，以及自然和生命。這一場初見，宛若故人重逢，欣喜且舒適。周身被書環繞，整齊地排列著，喝著谷主與祁門紅茶非遺製茶人合作的茶，香薰蠟燭燃著淡淡的、暖黃色的光，陣陣清香在燃燒的過程中徐徐飄來，一切靜好的模樣。真是同頻者相見甚歡。

不知不覺竟已午後過半。谷主想起還要去接孩子放學，便先行離開，請我們在木梨谷生活館隨意欣賞，等她回來。

05

剩下的午後時光，我便細細地閱讀了谷主寫的《原》這本書，在書中，感知她細膩的文字，以及對美好事物的深愛。當我合上書本時，谷主已安頓好孩子，回到生活館。讀完《原》這本書，我愈加欣賞眼前的這個女子，她筆下的文字，彷彿在一片林間山野，萬物皆明朗，日子樸素而真誠，那些在都市裡積攢的複雜情感，頃刻間就消失不見，只有最簡單和最真實，空靈、自在。

「你們稍等會兒，嘗嘗我做的穀物酸奶。」她眉眼含笑地說。

本是初次造訪，心中原本覺得多有叨擾，但此刻，一切又是那樣自然，無須多餘的客套。幾分鐘後，一杯淡黃色米酒、一盤穀物酸奶就端上了桌。

這真是對待生活的儀式感呀！盛米酒的是透明玻璃杯，盛穀物酸奶的是天水碧色盤子，不僅愉悅了舌尖，還愉悅了視覺。健康的食物，舒適的衣裳，尋常的日子，平凡中自有真意。谷主說起輕食，滿眼歡喜，對於我這種平日裡不愛進廚房的人來說都充滿了吸引力。

　　早餐，一份穀物酸奶，粗糧、酸奶、雞蛋，方便又營養。舒緩的音樂在房間裡瀰漫，陽光在窗簾上跳出好看的舞蹈，好好享受這一個靜謐的清晨吧，多麼讓人動容。

　　人啊，向生活要的其實不多，只是簡單的早餐、熱愛的工作、尋常的週末、家人的陪伴。這樣的極簡，一點也不難，只要你常懷歡喜心，日日是好日。一扇大的木窗外，是草木蔥鬱；窗內，則是尋常溫情。夜，漸臨。這裡沒有山谷，卻似有山谷的幽和靜。

　　木梨谷，一種質樸的情懷，遇見純真的靈魂，我們每個人都應該建立起這樣的一座心靈山谷，頤養生命。

所有的遇見都恰到好處

　　她有個很普通的名字：冬梅。每次想起她的名字，我都感覺像生活在一九八〇年代，因為在我的印象裡，只有那個年代的人，取名字才會用梅、花、菊、紅這類的字。然而，她其實才二十四歲，是名副其實的「九零後」。

　　叫冬梅的姑娘或許有千千萬萬，但叫夏冬梅的姑娘，我覺得並不多。她做介紹的時候說：「我姓夏，夏天的夏，叫冬梅，冬天的梅花。」

　　她的性子，還真像冬天的梅花。高潔，但並不孤傲。

　　兩年前的春天，我在同里古鎮旅行時遇見她。那天，她穿著一件奶白色棉麻長裙，長髮及腰。我們住在同一家客棧。

　　我喜歡清晨的古鎮，有乾淨清澈的質感，所以在那天早上起了個大早，從一條街走到另一條街，走過穿心弄，駐足古橋上，看著小鎮漸漸甦醒、漸漸熱鬧起來。

　　太陽升起，遊人陸續到來。我回到客棧，坐在客棧的露臺上看書。

　　這家客棧的露臺像個大花園，文藝、芬芳。

　　客棧掌櫃是個會寫詩的姑娘，喜歡花草植物。她自己設計明信片，再配上自己寫的詩，印刷出來貼在客棧接待處的牆壁上，貼了一整面牆。那些小詩，就像她的人生，透著倔強又簡

單的美。

　　二十幾歲的時候，她在上海做設計，但是，面對熱鬧的大都市，她覺得自己像個局外人。城市裡的孤獨感，是你走在來來往往的人流中，卻找不到一張對你微笑的臉。三十歲那年，她辭掉工作，來到距離上海不遠的同里古鎮，開了這家客棧。

　　我攤開手中的書籍，抬眼，看見夏冬梅也坐在露臺邊，手中拿著一本海子的詩選。這個時間，大多數來旅行的遊客都會在古鎮上遊覽、用餐，她卻坐在客棧，安靜地看書。

　　不知道是被那本海子的詩選吸引，還是被她獨特的氣質吸引，我走過去，說了句：「海子的詩歌，充滿著不同凡響的靈性之光。」她抬頭，對我微笑。我看到她淺淺的酒窩、純淨的雙眸。她長得很好看，不是妖嬈嫵媚的好看，而是恰到好處、溫和恬淡的好看。

　　「是啊，他是個偉大的詩人。他的筆下，充滿一種絕望的情感，他執著地認同死亡，但又不頹廢，反而顯得非常美妙。」她不緊不慢地回答，聲音清清甜甜。

　　後來，我們從海子聊到顧城，又聊到古典詩詞、現代散文，以及自己對生活的認知。那個上午，兩個剛剛相識的女孩，敞開心扉，愉悅地度過了幾個小時。

　　我們誰都沒有過多談及自己的生活，只在文字中交付深情。當兩個靈魂產生交集的時候，從哪裡來、過著怎樣的尋常

日子這些問題，早已不再重要，重要的是恰逢其時地相遇和相惜。

三天後，我離開同里，她送我到車站。我們沒有說再見，只是不停地揮手，直到大巴士走遠，她的身影漸漸模糊。

該重逢的時候，自然會重逢。我們都是隨性的女孩，相信一切都是最好的安排。

我對她的記憶，僅僅是那段上午時光，奶白色的棉麻長裙，暢談文學的愜意，以及她的名字，夏冬梅。我猜想，她對我亦是如此，一段上午時光，淺綠色漢服套裙。

前不久，我又去同里旅行，依舊住在那家客棧。客棧掌櫃拿給我一個信封，上面寫著：小隱收。我開啟信封，一行娟秀的字跡映入眼簾：一切安好。落款的名字是夏冬梅。

簡單的幾個字，情意款款。正如我們的故事，無須多言，但一字一句都是深情。

掌櫃說：「我一週前收到了這封信。我記得妳的名字，所以就留了下來，想著也許妳會再來。沒想到妳這麼快就來了。」

我笑了笑，謝過掌櫃，走向那個種著許多植物的露臺。

一切安好，夏冬梅。我在心中默唸。

願你出走半生，歸來仍是少年

　　江南的梅雨季節，沉悶潮溼。他坐在樸拙書店，手邊的咖啡微涼，書頁在他的指尖輕輕翻過。下午的書店，與窗外的雨一樣安靜。除了坐在吧檯低頭看書的店員，只有他一個人。

　　他穿乾淨的白色T恤，留細碎的短髮，遮擋著濃密的眉。他的眼睛，專注而有神。他看一會兒書，看一會兒窗外，也許是看雨，也許是看窗外那一叢叢的綠。他極愛雨中的植物，有一種樸素的美。

　　如果用一種植物形容他，我會選擇青竹。

　　他的名字很好聽——木枝。我說像女生的名字。他淺淺地笑，露出一排整齊潔白的牙齒，一顆小虎牙為他的笑容錦上添花，可愛、乾淨、舒適。他說：「山有木兮木有枝，心悅君兮君不知。木枝，取自此詩。」

01

　　二十七歲的他，已經走遍了大半個中國。

　　大學畢業那年，他一個人來到蘇州。在蘇州，他遇見了自己深愛的女孩。

　　愛情，始於怦然心動。第一次見她是在書店，她坐在他對面認真地翻閱著手上的書籍，齊眉的瀏海，梳著馬尾辮，穿一

件素白色連衣裙。他們坐的位置靠窗，四點鐘的太陽打在她的肩上，為那個午後增添了許多溫暖。

那天夜裡，他做了個夢，夢到一個穿著白色連衣裙的女孩，迎面對他微笑。清晨醒來，他看了看窗外湛藍的天，他知道，這大概就是心動。

第二次見她，還是在同一家書店。他遠遠地看到她，她依然坐在那個靠窗的位子上，安靜、專注。他取了本書直接走過去，坐在她的對面。她換了一條青草綠的裙子，馬尾辮，齊眉的瀏海。

看書累了，她抬頭望向窗外，剎那撞上他深情的眼眸。他微微一笑，輕聲說：「兩天前，你也坐這個位置哦。」她也笑：「我喜歡這家書店，每次來都坐在這個位置。」

沒有浪漫的開場白，他們聊到各自喜歡的作家、各自喜歡的生活方式，兩顆心越來越近。她是個愛做夢的女孩，喜歡花草，喜歡溫暖的陽光和種滿植物的小院子，喜歡遠行，喜歡風和雲，喜歡大海和草原。他叫她夢小孩。

他們之間，沒有說過「我愛你」。可是，愛情需要的真的就只是那句「我愛你」嗎？不是的。愛情是深情的陪伴和兩顆心的相依。他懂她的夢想，她愛他的熱愛。

02

她最大的夢想，是和他去遠方，去山上看日出日落，聽他彈著吉他唱歌，陪他四海為家。

只是，命運太過捉弄人。他們快樂的日子只持續了半年，她就被病魔奪去了生命。肺癌晚期，從查出到離世，不過短短幾個月的時間。

那是他二十多年來最消沉的時候。後來，他獨自去宏村旅行。那是座遺世獨立的小小古村落，四面環山，寧靜祥和。

正值春天，油菜花開遍山野。春雨朦朧了山巒，植物抽出嫩芽，生機勃勃。老屋錯落有致，古樸安靜。他這個闖入者站在村口，望著眼前的風景，過往的片段像走馬燈一樣閃過。他終於露出釋然的微笑，心情豁然明朗。

人的一生會有無數次遇見，不是每一次遇見都可以天長地久，不是每一次相愛都可以白頭到老。在一起的時候，用盡全力去珍惜；失去的時候，不過是緣分盡了。她並沒有真的離開，而是在另一個世界裡，守護著兩個人的愛。

他在宏村住了下來，直到暮春，千樹萬樹的花開化作殘紅零落。

該走了，他知道。

她在世的時候，那麼渴望與他攜手走天涯，如今，這天

涯，他要一個人去走。走吧，走吧，帶著心愛的吉他和她的心
願，去看看這美麗的人間風景。

03

離開宏村後，他的旅行再也沒有停下來過。

他一路工作，一路旅行，在一個地方賺夠了下一程的旅費
就繼續向前。路過城市，他做過酒吧駐唱，做過服飾店導購；
路過村落，他採過茶，做過陶瓷，還賣過書畫宣紙。

五年來，他就這樣過著游牧民族般的生活。這樣的生活，
讓他看起來沒有其他人即將步入而立之年的慌張與油膩，更多
的是乾淨和質樸。

人的一生會有無數次遇見，不是每一次遇見都可以天長地久，不是每一次相愛都可以白頭到老。在一起的時候，用盡全力去珍惜；失去的時候，不過是緣分盡了。她並沒有真的離開，而是在另一個世界裡，守護著兩個人的愛。

「有沒有想過停下來？」我問。

「現在還沒有，未來也許會有。」他答。

「再美的海角天涯，最後都會回歸到一隅寧靜，就像無論城市還是鄉村，我相信總會有一處，會是我餘生的安身之所。」他又說。

04

蘇州又下起綿綿細雨，我坐在窗邊，望著雨穿透雲層，落在窗外那棵香樟樹上。我的心也被這場雨洗禮，宛若香樟樹的葉，清新、疏朗。

手機「嘀嘀」響了兩聲，開啟微信，是他發來的幾張照片。照片裡，天高雲淡，綠草如茵，寧靜悠遠。他說：「這是雲南騰衝，今天的天氣很好，風兒正輕輕從耳畔經過。」

我回：「雲南的雲，是夢的天堂。」

半島拾夢，總有人天生為夢想而生

「沒有人是一座孤島，而半島是可以到達的遠方。」

說這句話的，是個姑娘，還是個很好看的姑娘。我們坐在玻璃窗前，桌上放著清新的檸檬水，透明玻璃杯在古樸的桌面上，有一種很淡雅的美。然而，我只注意到了這個好看的姑娘。

她笑起來的時候，眉眼彎彎，雙目像新生的月牙。黑髮別在耳後，梳成高高的馬尾。白色 T 恤，搭配淡粉色裙子，猶如日本電影中的女主角，乾淨、清爽、恬淡。

她，是書店裡的姑娘，因為對書的熱愛，毅然辭掉工作，在江南小城開了一家自己的書店。書店位於崑山市同豐路，名為半島。

01

清晨的第一縷陽光落在書店，她開始了一天的工作，整理書籍，沖泡咖啡，在吧檯忙碌。偶爾有客人走進來，找個臨窗的位子坐下，低眉是喜歡的書，遠望是青綠的草坪。

沒有人不嚮往詩和遠方，沒有人不喜歡「採菊東籬下，悠然見南山」的自然閒適。但生活就像個上了發條的機器，匆匆忙忙，一刻不得閒。我們被這樣的生活追趕著、奔跑著，路邊的花兒開了又落，春天來了又走，我們卻總是來不及停下欣

賞，錯過了許多浪漫，又總是為失去和遺憾感到懊惱。

　　也許有一天，我們終於活成了別人眼中幸福成功的模樣，可是，內心卻充滿了遺憾。遠方成了到不了的彼岸，詩成了飄逝的舊夢。二十幾歲，難得的是活得明白且清醒。她整理好自己的思緒：追過的夢，無論結果如何，都可以笑著去面對，因為不會有憤懣和不甘。

　　中文系畢業的她，之前在某大型企業做策劃的工作。反覆修改的方案，沒日沒夜地加班，讓她開始重新思考生活的意義。其實她並不害怕拚命工作，她害怕的是工作對生活的蠶食。高強度的腦力勞動讓她身心俱疲，超負荷的工作讓她回到家裡倒頭就睡，買回家的書，堆在一旁總是來不及看。有一段時間，她時常無助到想哭。

　　她喜歡閱讀，喜歡寫日記。大學四年，她大部分時間都是在圖書館度過的。那是她最快樂的時光。晚自修，同宿舍的女孩子不是去逛街就是去約會，她則會穿過宿舍樓前的那片紫薇花小徑，來到圖書館，手捧一本《雪國》或《伊豆的舞女》，沉浸在書的世界裡，隨著情節起伏或喜或悲。

　　北島在《波蘭來客》中寫道：「那時我們有夢，關於文學，關於愛情，關於穿越世界的旅行。」十九歲的她心中亦有著許多浪漫的夢想：開家書店，日日與書為伴，書店裡要有植物、音樂、咖啡和小酒，還要有故事和遠方。

　　可是北島在這首詩中又寫道：「如今我們深夜飲酒，杯子碰到一起，都是夢破碎的聲音。」四年時光，倏忽而過。隨著那個初夏的到來，她告別校園，走向社會。工作後，她依然愛書，但生活與工作，有時候很難平衡，你越是想兩全其美，越是無能為力。

　　「江南」兩個字，隨口一說，就充滿了朦朧的氣質，是金戈鐵馬的江湖裡，那不問朝夕的兒女情長；是馬不停蹄的生活裡，那素衣素心的冷暖自知。

　　每個人都渴望實現夢想，但大多數人都只停留在渴望的階段，因為害怕改變，所以不敢行動，守著看似圓滿的生活，在心底默默遺憾。但也有一些人，她們天生為夢想而生，無論結果如何，至少為此努力過。人生亦是如此，要的是愛過、擁有過、參與過。

02

　　四月，暮春，江南小城美得猶如上帝遺落在人間的畫卷。各色花開，嫩草發芽，街上的行人也換上了輕薄的衫，走在和煦的春風裡。就在這樣浪漫的四月，她重拾夢想，決定為自己的心留一抹書香。

　　一側是公園，綠葉成蔭，姹紫嫣紅開遍；一側是菜市場，熱鬧喧囂，充滿人間煙火。她一下子就被吸引：這才是書店該有的樣子呀！生活本來就有兩面，有世俗，也有詩意。琴棋書畫詩酒花固然雅緻，但柴米油鹽醬醋茶也是不可或缺的日常，把兩方面都過好，便是最美好的小日子。

　　南方水多、橋多，書店的門前，就有一座小橋。橋下流水潺潺，而書店臨街的整面牆都是落地窗，窗內的書店彷彿一座遺世獨立的島嶼。

　　所以，她決定要在書店的名字中加一個「島」字。可是，不與任何陸地接壤的島嶼，未免顯得太過孤獨。半島，連線大陸與海洋，就像書店連線生活與遠方。半島書店，就此得名。

　　忘了是誰說的，希望自己既可以朝九晚五，又可以浪跡天涯。其實，這也是生活與遠方的概念。只留戀生活日常，便少了詩意和浪漫；只貪戀遠方夢想，又缺了質樸和溫馨。所以，想兼顧生活與夢想，要守得住日常，夢得到遠方。

03

你要喝牛啤，還是喝咖啡？你要看書，還是看風景？你要聽音樂，還是發呆？

日本東京有家叫 B＆B 的書店，有著北歐中古風格的漂亮陳設，定期舉辦作家交流會和學習沙龍，還有好看的書和好喝的啤酒。無論你是獨自埋頭看書，還是找個朋友喝生啤，坐在北歐風格的椅子上談天說地，這裡都能讓你感受到美與舒適。

半島書店的經營理念就來源於此，不僅僅是書店，還是一個文藝空間。閱讀，本來就不一定要循規蹈矩，更應該是一種舒適的生活狀態，緩慢，有思考和留白的空間。

如果非要給半島定位，它是清吧、是書店，也是心靈的棲息地。午後，你可以坐在窗邊，看看書，看看遠處的風景。夜幕降臨，昏黃的燈光下，駐唱歌手彈著吉他唱著歌，一杯小酒伴夜色。每個人都是故事裡的人，每個人又都從故事裡暫時抽離，人生如歌，珍惜就好。

三三兩兩的客人進出往來。一對父女各自選了喜歡的書，坐在窗邊閱讀。一對情侶點了兩杯咖啡，互相傾訴著衷腸。一個姑娘開啟背包裡的小筆記本，忙碌著工作……

音樂柔婉，時光漫漫。她安靜地做著咖啡。

乾淨、清爽、恬淡。

她用手中針線，繡江南煙雨如畫

日暮堂前花蕊嬌，爭拈小筆上床描。
繡成安向春園裡，引得黃鶯下柳條。

週末的午後，房間裡散發著百合花的香氣，風從窗縫裡吹進來，吹到攤開的書頁上，吹到這首詩上。這是唐代詩人胡令能描寫繡娘的詩句。黃昏時分，美麗的繡娘飛針走線，繡出滿園春色。巧奪天工的技藝讓黃鸝都被迷惑，飛下柳條，飛向錦繡的花間。

我看著這首詩，想起前些天遇見的她。她擅長蘇繡，在姑蘇小城，用針線繡出江南如詩的煙雨。

世間來來往往的人那麼多，大多數都只是擦肩而過，甚至來不及回眸望一眼那人的容顏。只有寥寥無幾的人，才有相識相知的緣分。

01

在蘇州的十全街上，有一家小小的門市，名曰繡緣。很簡單的兩個字，甚至談不上詩意，但是卻承載著幾代蘇繡藝人的情懷。

踏進這間繡坊，我見到了韓曉鈞。齊耳短髮，可愛溫暖的笑容，是我對她的第一印象。好友丹妮介紹：「這是蘇繡藝人

韓曉鈞，我們平時都叫她韓姐。」人與人之間，有時只需要一個眼神，就可以確認兩個人是否意趣相投。我抬起頭，與韓曉鈞四目相對。她的眼睛裡，有手藝人的真誠與執著，有對生活的希望和熱情。

「這些都是您繡的嗎？」我看著店裡琳瑯滿目的繡品，有團扇，有屏風，還有掛畫，件件優雅別緻。

「大部分是我繡的，有的是我母親繡的。妳看這幅百合圖，是我和母親合作完成的，這些百合花是我繡的，青花瓷瓶是我母親繡的。」她說著，手指向擺放在最高處的一幅作品。我順著她手指的方向往去，一幅清雅的百合花刺繡映入眼簾。極具江南情調的青花瓷瓶中，插著一朵朵白百合，還有一枝散落在瓶邊，底色是清新自然的黃綠色漸變。

真美。我在心中驚嘆道。手作的魅力，現代機器永遠無法比擬。那一針一線，飽含著手藝人對藝術的理解和對生活的熱愛。手藝人都有匠心，對於一名繡娘來說，針線就是她的世界。在那個世界裡，花團錦簇，山河多嬌，年華似水，歲月如歌。

「小隱，你看，這是我母親繡的玉蘭花。她已經七十多歲了。」說話間，我看見一把繡著玉蘭的團扇，立在一張榮譽證書旁邊。證書上寫著：鄭美珍女士從事工藝美術行業三十餘年，為中國工藝美術事業的發展作出了極大貢獻。特發此證，以資鼓勵。那玉蘭繡得真美，好似一位亭亭玉立的大家閨秀，

大氣、溫婉，有著少女般的純潔。

　　一件蘇繡作品，從構思到配色，再到穿針引線，一步一步地繡下去，花費的不僅是時間，更多的是繡娘的情感。韓曉鈞說起店裡的繡品，言語間透露出深愛和珍惜。她說：「許多時候，有人到我店裡來，我一看就能知道他是不是真正喜歡蘇繡。若真的是有緣人，哪怕價格低些，我都願意賣。我最開心的是這些繡品遇見真正愛惜它們的人，有緣人遇有緣繡品，這是幸事。」

　　當工業化代替了手工，失去的不僅是手工技藝的傳承，還是古老詩意的生活美學。四季不追不趕，草木不急不爭，所以它們長情。如果我們也能讓自己慢下來片刻，是不是也會更懂得深情與長久？

　　一日一生活，從微小的事物開始持之以恆。比如低頭看魚兒嬉戲，比如抬頭與陽光擁抱，比如在街邊的安靜小店與行人擦肩，都那樣美妙。

　　她說這話的時候，神情寵辱不驚，淡然而隨性，我能夠感受到她身上的匠人精神。

　　世間的人與事，太過紛繁複雜。然而總有一些人，守得住初心，在漫長的時間長河裡，將日常生活過得樸素而優雅，活得坦蕩又從容。

02

　　蘇繡，民族傳統手工藝，發源於蘇州吳縣（今蘇州市吳中區），至今已有兩千餘年歷史。蘇繡與湘繡、蜀繡、粵繡並稱

為中國四大名繡，並位列四大名繡之首，二○○六年被批准列入第一批國家級非物質文化遺產名錄。

蘇繡作品形象逼真，栩栩如生。《紅樓夢》第五十三回這樣寫道：「原來繡這瓔珞的也是個姑蘇女子，名喚慧娘。因她亦是書香宦門之家，她原精於書畫，不過偶然繡一兩件針線作耍，並非市賣之物。凡這屏上所繡之花卉，皆仿的是唐、宋、元、明各名家的折枝花卉，故其格式配色皆從雅，本來非一味濃豔匠工可比。每一枝花側皆用古人題此花之舊句，或詩詞歌賦不一，皆用黑絨繡出草字來，且字跡勾踢、轉折、輕重、連斷皆與筆草無異……」蘇繡，靈動精緻，而這名喚慧娘的繡娘，是姑蘇女子，由此又道出蘇州人傑地靈，文化底蘊深厚。

韓曉鈞也是蘇州人，如今已過不惑之年。她從小在母親的薰陶下，繡花、繡鳥、繡魚蟲，如今守著小店，專注蘇繡，傳承文化。

蘇州靜思書院位於蘇州城區滾繡坊四十一號，韓曉鈞和母親鄭美珍在這裡教授學生蘇繡技藝，至今已四年有餘。當初，靜思書院邀請鄭美珍女士和其女兒韓曉鈞去授課，要給她們酬金，但她們母女倆卻說，她們去教課，是為了蘇繡的傳承，將蘇繡這門古老的藝術傳承下去比什麼都重要。所以，她們始終堅持義務教學，在教學品質上也從未怠慢。

「對於蘇繡的傳承，您覺得現今狀況如何呢？」

被問及傳承的時候，韓曉鈞略有些遲疑。她說：「我們的課堂，來學習的大多是四十歲左右的刺繡愛好者。現在的年輕人很少能靜下心來，但是做手工藝，就必須要有耐心、恆心和靜心。年輕人都渴望外面的世界，不肯安安心心地坐幾個小時，更不要說花費幾個月繡一幅作品。雖然喜歡蘇繡的年輕人不算少，但喜歡歸喜歡，傳承，需要的不僅是喜歡，而是腳踏實地地去努力，自己去做這件事情。」

一件小的團扇作品，至少要一週才能完成，而大的掛畫或是屏風，更是需要好幾個月，甚至半年才能完成。這是一個人對一件事情的專注，是永遠不滅的赤子之心。

因為母親是繡娘，韓曉鈞小時候就開始在寒暑假幫母親做些簡單的針線活。那時，韓曉鈞每年的學費都是用自己的繡品換來的錢交的。韓曉鈞出生在蘇繡世家，外祖父曾是蘇州劇裝戲具廠的高階工藝師，母親鄭美珍曾在蘇州刺繡廠工作，她母親說：「刺繡是我一生的事業，也是我的生活方式。」如今，蘇繡傳承到韓曉鈞這裡，是第五代。

早些年，韓曉鈞的母親做蘇繡，而韓曉鈞還在做其他工作，每天朝九晚五地上班。但母親的年紀越來越大，不能長時間地坐下來刺繡，韓曉鈞便辭掉工作，幫助母親一起將蘇繡傳承下去。現在，她幾乎每天都繡，蘇繡已經融入她的生命，像吃飯睡覺那樣，平凡而不可或缺。

　　無論選擇了怎樣的人生，都不要糾結失去和遺憾。相信在做出選擇的那一刻，我們已經擁有了最好的人生，努力、用心去感受它就已足夠。

　　我們每個人都在塵世中尋找著詩意棲居的方式，對於韓曉鈞而言，蘇繡就是生活中詩意的來源。又或者，她覺得這並不算得上詩意，只是一種對生活的表達。然而，誰又能說這樣的表達不是如詩如畫的人生呢？

03

物無言，人有情。蘇繡是姑蘇小城裡的一抹黛色，裝點江南煙雨，暈染開來又溫柔了歲月。

回到初見那一天，韓曉鈞坐在雕花窗前，繡一幅煙雨江南圖，一針一線，彷彿在繡著流年。

我看到她的繡花針，輕輕地穿過繡布，蠶絲線落在繡布上，留下有溫度的痕跡。她安靜刺繡的模樣，如同舊時的閨中少女，古典而沉靜。

時間，它帶走了青春年少，但也送來了平和從容。我們總是等不及累積和沉澱，在年紀輕輕時就迫不及待地想要探求生命的意義。生命的真正意義究竟在哪裡？我想，也許就在你專注於一件事情時，深沉的眉眼之間。正如韓曉鈞，她用自己手中的絲線和繡布，不疾不徐，將年華繡成一朵潔淨的蓮花，開在江南，不染凡塵。

初夏，蘇州城開滿火一樣的石榴花，天朗氣清，惠風和暢。韓曉鈞和她的母親，用她們的方式，傳承蘇繡文化，記錄錦繡江南。

願世間人，擁有世間愛

01

三年前，她像李宗盛歌詞裡寫的那樣：曾經真的以為人生就這樣了，平靜的心拒絕再有浪潮。

她曾奮不顧身地愛過一個人。高中三年的暗戀，甜蜜卻也酸澀。她像揣著一個遙遠的夢，不敢觸及又渴望靠近，只能默默地關注著他，愛得沉默，愛得執著。

清晨七點多鐘，他會路過柳枝巷，在巷口的那家小賣部買牛奶和麵包。傍晚五點多鐘，他會再次路過柳枝巷，騎著單車，藍白色校服在風中忽閃而過。

……

她把關於他的日常都寫進了日記，小本子明白她的情深，可他卻不懂她的心事。

高中的畢業晚會上，她喝了酒，有些微醺。路過他身邊時，她在擦身的剎那輕聲說了一句：「我喜歡你。」不知道他有沒有聽見。聚會上太嘈雜，酒杯碰撞聲、告別聲，聲聲入耳。

02

她填了與他相同的志願，去了本省的一所師範學校。其實，她本可以選擇自己熱愛的音樂學院，繼續學習鋼琴。她從五歲開始就一直與鋼琴為伴，她曾經的夢想就是考上音樂學院。可是，遇見他之後，她的夢想就變成了與他執手。

開學那天，她打電話給他，說：「我們一起走吧。」他答：「好的。」

整個班級，只有他們兩個人選擇了這所師範院校。身為老同學，總歸要相互有個照應。她慢慢地與他熟絡起來，而他，似乎並不討厭她。

愛情在大學裡遍地開花，不是沒有人寫情書給她、向她表白，只是，她把那些情書撕碎，都丟到了風中。因為她的心早已給了他，從十六歲他們遇見的那天開始。那是高一新生報到的日子，她站在他的身後。不知道是因為那天的陽光剛好，還是那天他穿的白襯衫耀眼，她抬起頭，彷彿看見一束明亮的光，細碎、輕盈、溫暖。

03

秋去冬來，她學著宿舍裡的女孩，在學校門口的精品屋買了毛線，一針一針地編織自己的愛情。她把織好的圍巾纏上絲帶，繫上蝴蝶結，遞給他。

　　冬月二十，是他的生日。

　　「喏，給你織的，戴上試試行不行。」她低著頭，小聲說道，「第一次織，還不太精緻呢。」

　　冬月，小城下了雪，雪花飄飄灑灑，落在她的長睫毛上，落在校園裡昏黃的路燈上。他接過她手中的圍巾，說：「妳幫我戴上吧。」

　　她錯愕，以為自己聽錯了，呆呆地站在雪中一動不動，樣子又傻又乖。

　　「妳幫我戴上吧。」他又說了一遍。渾厚的聲音在空氣中凝結成一朵雪花，飄進她的耳朵。

　　她小心翼翼地為他戴上自己親手織的圍巾，又低下了頭。她在他的面前總愛低頭，彷彿應了張愛玲的那句愛情名言：「見了他，她變得很低很低，低到塵埃裡。但她心裡是歡喜的，從塵埃裡開出花來。」

　　「妳喜歡我。」他的語氣不是疑問，而是陳述，似乎也不需要她的回答。

　　「我們，在一起吧。」他又說了一次，依然是不容置疑的語氣。

　　她抬起頭。他的唇已經貼到了她的唇上，涼涼的，像雪花。

　　這段愛情裡，她的痴，是注定了的。她想，從十六歲的暗

戀開始，這愛情就注定是她一個人的獨角戲。但是，愛情這東西，只有一個人是不夠完美的。

大學四年，她的心始終熾熱，為他，也為這份愛。而他，似乎只停留在最初的心動。在相愛的那幾年裡，他未曾辜負過她。只是，走到畢業的十字路口，無法確定的未來終究讓兩個人漸行漸遠。她想過，畢業後他們就回到家鄉，過平淡安穩的日子，兩個人相守相伴，共度餘生。她的每個計畫裡都有他，但他的每個計畫裡，她都只是過客。

畢業後，她獨自回到家鄉，做了一名中學老師。而他選擇了離開，杳無音信。七年的愛情，三年苦澀暗戀，四年甜蜜相伴，也許，這已經是上帝的慈悲吧。她沒有歇斯底里地哭鬧，也沒有一蹶不振，只是，那曾經熾熱的心，已然結了冰。

04

他離開的幾年，她生活平靜，如同原野上的一株野草，隨著寒來暑往生長枯榮，沒有起伏，沒有波瀾。

二十八歲那年，她在大學好友的婚禮上遇見了青木。她是伴娘，他是伴郎。那天，她坐在臺下，聽著這對新人的海誓山盟，竟然落了淚。這些年，她心如止水，以為自己不會再為愛情動容。可是，真的面對其他人牽手宣誓的剎那，她還是悄悄地掉了眼淚。

　　好友與如今的愛人，大學相識，畢業後共同奮鬥，直到如今走入婚姻殿堂。讀書的時候，他不是最帥的那個男生，而好友是系裡的系花，追求者絡繹不絕，情書堆滿了她的抽屜。

　　可是她卻偏偏看上了並不帥氣的他。在那個男生追求女生都瘋狂送花、送精品小禮物的年代，唯有他，送了她一套《三毛全集》。他並沒有準備很浪漫的表白，只是笨拙地說：「知道妳喜歡看書，我就買了套《三毛全集》，希望妳喜歡。生日快樂啊。」是的，這套書竟然是生日禮物。但就是這份特殊的生日禮物，讓他們自然而然地走到了一起。

　　大學畢業，他們一起去北京打拚。開始時條件很艱苦，他們一起住在陰冷潮溼的地下室。後來日子慢慢好些，他們從地下室搬到了隔斷間。半年前，好友和男友去安徽宏村旅行。兩人被這裡的風景迷住，那種原始的春耕秋收，讓他們開始審視如今的生活。

　　從宏村回來，他們做了個決定，拿著準備在北京買房的積蓄，打包好行李，再次回到了宏村。他們決定換一種生活方式，在這片山清水秀之地，開一家客棧，日出而作，日落而息。回歸自然的他們，每一天都是喜悅的。他們在客棧種了許多花草，養了兩隻貓咪。旅遊旺季，他們在客棧忙碌著；淡季，他們把時光浪費在美好的事物上，旅行、寫作、閱讀，日子平淡又安穩。

　　幾個月前，她收到好友的喜帖。他們終於走向了愛的另一種形式：婚姻。於他們而言，婚姻不是愛情的墳墓，而是喜悅的延續。

　　她的腦海中回放著新娘與新郎的種種往事，又想起他，那個她暗戀三年，與之相愛四年，卻與自己再無關聯的男人。她端起桌上的酒杯一飲而盡。真愛是多麼美好，只是，她的愛情從一開始就是一個人的獨角戲。

　　婚禮很熱鬧，她並沒有注意到坐在旁邊的青木。直到後來，青木才告訴她：「那天，我看著妳望向紅毯的眼睛，有一種讓人愛憐又捉摸不透的矇矓。」

　　她不勝酒力，不知是因為感動還是傷心，她竟然又喝了許多。是青木送她回的飯店，當她醒來，看見青木站在窗前。她驚訝地起身，青木轉過頭，問：「妳醒了？」她點點頭。原來，那個夜晚青木一直沒有睡，守著她直到天亮。

　　四季輪迴，又到了冬天。小城下了雪，青木手捧白百合，輕輕地說：「我們在一起吧。」咖啡店裡的音樂太溫馨，空氣中彷彿都染上了溫暖和愛意。她接過百合花，點頭說「好」。

　　青木很懂生活，天氣冷的時候會煲湯給她喝，暖胃又暖心。曾經，她是個不吃早餐的人，和青木在一起後，青木每天清晨都會變著花樣為她做早餐。在這樣的愛中，她又慢慢找回了愛人的能力。

　　小城的生活，緩慢又充滿塵世氣息。他們會踏著夕陽的餘暉，並肩走在菜市場，為兩人的晚餐準備材料；他們會在春天來臨時，一起種下她愛的花，期待滿園芬芳；他們還會在風清月明的夜裡，泡一壺淡茶，兩人對坐，無言卻深情。

　　有了愛，剩下的就是慢慢享受生活。

05

　　世間有許多愛，需要跋涉萬水千山才能遇見。相愛時，用心用力去愛；道別時，轉身釋懷地離開。愛是兩個人的懂得與付出，如果只有單方面在努力，那就像蹺蹺板，總有一邊高一邊低，找不到平衡。愛應像舒婷的詩中所寫，以同樣的姿態並肩站在一起，分擔挫折與失意，共享美好和夢幻。兩個人各有各的思想，堅強又獨立，而不是一方完全依附於另一方，也不是單純的狂熱和痴迷。

　　你來了，我們一起看世界。你不來，相信你一定在來的路上。你走了，我會在心中把美好珍藏。你在身邊，我會帶著愛與你共同向前。

　　願世間人，都能擁有愛，付出愛，得到愛。

愛你，是我今生最幸福的決定

秦小川十六歲之前，一直是父母和老師眼中的問題少年。直到他遇見陸笙。

高一的下半學期，陸笙成了秦小川的同桌。陸笙恬靜，功課門門優秀，從小學習鋼琴、繪畫等。而秦小川調皮，愛惹事，除了體育和寫小說之外，似乎找不到其他特長。

上課的時候，陸笙認真地記著筆記，秦小川就趴在桌子上，不是呼呼大睡，就是偷偷看藏在課本下面的小說。陸笙與秦小川很少說話，有時，秦小川會默默地看著陸笙，不明白她為什麼總是那樣安靜。

半年後，他們升入高二，有一天，陸笙突然轉過頭問正在看小說的秦小川：「你的夢想是什麼？」秦小川愣住了。夢想？他好像從來沒想過這件事情。高中畢業，考大學，他是沒有希望的吧？那他以後究竟要做什麼呢？秦小川撓著頭，不好意思地說：「我、我不知道。」

「你想不想當小說家？」陸笙突然這樣問，「你可以去考大學，學中文，以後當小說家。」

秦小川沒有說話，只是久久地望著旁邊的陸笙。她那麼美，黑色的長髮在腦後梳成馬尾，眼睛裡總有明亮的光芒。考大學？學中文？當小說家？秦小川反覆想著陸笙剛才的話。

誰也沒想到，第二天，秦小川就像換了個人。他上課不再睡覺或者偷看小說，而是認真聽講，做筆記。就連那一頭像「金毛獅王」一樣的頭髮，都剃成了寸頭。

秦小川很聰明，他只要上課認真聽講，知識學起來就很快，就連男生都很頭疼的王維、陶淵明的詩句，他都能順溜地背下來。當一個人的聰明遇上努力，結果一定超乎想像，秦小川就是個很好的例子。

北方的冬天很冷，下第一場雪的時候，班級進行了第一次模擬考試。陸笙第一名，秦小川第二名。陸笙歪著頭看秦小川，眼睛裡滿是溫柔，淺淺的微笑在她的臉頰暈開，一對小酒窩顯得特別可愛。秦小川也看著陸笙，兩個人相顧無言，卻勝過萬語千言。

高二寒假，秦小川除了讀書，就在他那帶鎖的筆記本上寫字。沒有人知道，他在上面寫了什麼，更沒有人知道，那個本子替他收藏的少年故事。

三月初四是陸笙的生日。那天，秦小川早早來到教室，悄悄地把那個筆記本放在陸笙的課桌裡，上面放了一張紙條，寫著本子的密碼。陸笙開啟那個記事本，第一頁寫著：此故事獻給陸笙。她繼續往下看，原來秦小川用整個寒假的時間為陸笙寫了一部小說。故事的末尾，秦小川寫道：「陸笙，生日快樂。」陸笙一時間不知如何是好，她捧著這份珍貴的禮物，腦

海裡浮現出秦小川的笑容。

　　之後的高中生涯，陸笙與秦小川的名字在每次考試的排名中都緊挨著，一個第一，一個第二。秦小川並沒有對陸笙說過「我喜歡妳」，他想等高考結束再向陸笙表白。他們要考同一所大學，然後一起畢業、工作、結婚，再生一雙兒女。而陸笙的日子，一如既往，她和秦小川一樣，為高考努力著。

　　意外是在高考前一個月發生的，陸笙在去學校的路上被一輛突如其來的車子撞倒，車輪從陸笙的一條腿上軋了過去。肇事司機慌了，趕緊把陸笙送到醫院。只是，陸笙的一條腿還是做了截肢手術，以後的日子都要在輪椅上度過。

　　秦小川聽到這個訊息的時候，正在教室裡做模擬試題，他扔下手中的試卷和筆，背起書包向醫院跑去。見到躺在床上的陸笙，臉龐依舊溫柔，馬尾辮依然高高地綁著，可是，他在她的眉眼裡，看到了一絲惆悵。與陸笙同桌那麼久，這樣的惆悵，秦小川從未見過。

　　秦小川從書包裡掏出一張乾淨的白紙，一會兒工夫，漂亮的愛心出現在陸笙的眼前。「送你。」秦小川的聲音低沉，飽含溫柔。陸笙接過秦小川手中的摺紙，語氣平淡地說：「謝謝。」

　　秦小川走的時候，附在陸笙的耳畔小聲說：「陸笙，妳等我。」

　　陸笙望著秦小川走出病房，眼淚不爭氣地落了下來。等他？等他功成名就？等他衣錦還鄉？可如今這樣的陸笙，不能與他一起向前的陸笙，還配分享他的功成名就與衣錦還鄉嗎？

　　十八歲那年暑假，秦小川順利地考上了中文系。離家的那天，他沒有去看陸笙。他知道，他要給陸笙的愛，來日方長，而現在他要做的是馬不停蹄地向前奔跑，為了兩個人的未來去努力。

　　秦小川離開家鄉，來到Z市。校園裡香樟樹的葉子綠得濃郁，午後的陽光透過葉子間的縫隙落到地面上，斑駁而又浪漫。秦小川心底的思念如同這斑駁的樹影，忽明忽暗。他想起陸笙淺淺的笑容，想起她認真地問自己「你的夢想是什麼」。

　　他把思念寫成一封封情書，摺疊成愛心形狀，裝進透明的玻璃瓶中。「四年，妳等我，陸笙。」秦小川在心底默唸。

　　上帝拿走你一樣東西，一定會在無形中還你一樣東西。出院後的陸笙，在小城開了培訓班。她雖然失去了一條腿，但她還有一雙纖巧靈動的手，揮毫於紙上便開出嬌豔的花朵，起舞於琴鍵上便奏出動人的音符。整日與孩子待在一起，陸笙彷彿住進了童話世界。除了上課教授鋼琴和繪畫，業餘時間都在學習，希望在琴藝和畫藝上不斷精進。

　　大學期間，秦小川筆耕不輟，不斷地在報刊上發表文章。大四那年，秦小川把當年寫給陸笙的那個故事，投稿給本地知

名的《金陵》雜誌社，並在《金陵》上連載。因為他的《遇見笙歌》，那幾期的雜誌銷量特別好，雜誌社主編給秦小川去信，希望他的這部小說可以出版成書。

秦小川收到雜誌社的信時，正在準備畢業論文的事情。出版成書？他想起少年時，陸笙說的那句「以後當小說家」。這些年，他真的考上了大學，讀了中文系，現在還可以出版小說？秦小川立刻回信給雜誌社主編，三天后，秦小川與《金陵》雜誌社簽訂了出版合約。

書籍發行的那天，秦小川正式畢業。他拿著畢業證書和新書，回到了家鄉。他要去陸笙家裡，告訴陸笙：「四年已到，我們在一起吧。」

當時，陸笙的首場鋼琴獨奏會正在籌備當中。四年未見，秦小川有了成熟男人的樣子，陸笙也出落得更加亭亭玉立。在時間的沖刷下，他們都改變了許多，而不變的是相互吸引、彼此珍視的情意。

秦小川把大學四年寫下的情書，整整99封，一封封從玻璃瓶子裡拿出來，和剛收到的出版社寄來的樣書一起遞給陸笙，乾淨的聲音在空氣裡迴響：「陸笙，我們結婚吧。」

陸笙看著手中的情書和書籍，用力地點了點頭。「秦小川，你真的回來了。」她的聲音有些顫抖。「是的，謝謝妳一直等著我。」秦小川看著陸笙的眼睛，輕輕地說。

　　婚禮在兩個月後舉行，他們的高中同學和老師都來到婚禮現場，為秦小川和陸笙送上祝福。秦小川的書籍發行後銷量很好，又被一家影視公司看中，翻拍成電影。陸笙的鋼琴獨奏會也很順利。那一年，陸笙還順利地舉辦了畫展，並迎來了她和秦小川的一對龍鳳胎寶寶。

　　電影首映日，秦小川帶陸笙去看。他們坐在電影院裡，看著銀幕上的人物和故事，兩個人的手緊緊相握。那一刻，他們都知道，愛，是永恆的追尋；愛，可以讓一個人變得更好。秦小川因為愛著陸笙而努力追夢，而陸笙因為秦小川的愛，變得更加堅強和勇敢。

　　兩個人婚後的生活平淡卻也充滿詩情畫意。秦小川是個熱情浪漫的男人，陸笙喜歡花草，他就在陽臺種滿植物。陸笙最愛向日葵，秦小川沿著牆邊種了一排向日葵，每年七月一到，花開得放肆、熱烈。秦小川與陸笙坐在葵花邊，聊著細碎日常，風輕輕吹過，陽光溫柔。陸笙把頭輕輕地靠在秦小川的肩膀上，臉上露出心安的笑容。

小鎮愛情故事

素曼與先生禾清都是中學老師，一起生活在一座連在地圖上都很難找到的南國小鎮，他們與山水為伴，過著教書、種花的小日子。

我曾問過素曼，大學畢業就回到小鎮教書，是否會有遺憾。她歡愉地說：「這就是我喜歡的生活模樣。」哪怕隔著千萬里的距離，我依然能感受到她言語間的快樂。

我與素曼透過文字結識。那時，我剛大學畢業，因為對文學的熱愛，我進了一家雜誌社做編輯。素曼是我做編輯時遇見的作者，後來，我們逐漸熟絡起來，我也慢慢地了解了她的故事：比我早畢業一年，漢語言文學專業，大學畢業後回到小鎮，做了一名國文老師，偶爾寫作，向雜誌社投稿。

我對著電腦敲下這樣的文字：「素曼，真羨慕妳的勇氣，種花種田，教書育人，生活如童話般美好。」過了一會兒她回覆我：「小隱，其實任何一種生活，都不是完全美好的。只要心有了歸屬，在哪裡都是幸福。」

原來，我以為的勇敢，是素曼抵抗著許多世俗的偏見換來的。不過，只要你認真生活，再大的流言最終都會化為泡沫。說到底，日子是自己的，是否過得開心快樂，只有親歷的人才有資格回答。

　　素曼剛回到小鎮時，身邊許多人都不理解。大好年華，卻把自己安頓在並不繁華的小鎮上，但她說：「做一名國文老師，平和地過好每一天，這就是我要的幸福。」

　　她用文字記錄著剛到這所學校時的日常，那些溫暖的句子，每讀一句，我都能感受到她對這個世界的善意和對孩子的愛。她寫道：「這一生，若能遇一良人，養個可愛的女兒，也算不枉此生。」後來，她真的遇見了他，一個同樣喜歡孩子、喜歡教書的大男孩。

　　她來到這所學校的第二年，在九月的迎新晚會上，她是女主持人，他是男主持人。那天，她穿著一條過膝的白色連衣裙，聲音如銀鈴般響在他的耳畔。而他的聲音，亦如磐石般在她的心中揮之不去。

　　晚會結束，她知道了他是國二年級的體育老師，他知道了她是國一（三）班的國文老師。巧合的是，他們兩個人的生日竟然是同一天，只是他比她年長兩歲。

　　此後的日子，他們常常聊起文學，聊起對教育的熱愛，兩個人相談甚歡，自然而然地相知相愛。他們在學校附近租了一間民居，將其打造成兩個人溫馨的小家。房子不大，但是有個院子，這讓她歡喜了好久。

　　那是一座老房子，青磚黛瓦，院子裡鋪著一條鵝卵石小路，直通到大門口。深褐色的大門旁邊栽種著青竹，她說：「東

坡先生寧可食無肉不可居無竹，我們小院子門前的這叢竹，是不是也有這般美意？」他寵溺地笑：「當然。」

春天來了，他們在小院子種上蔬菜花草，他拿著鋤頭，一點點地鬆土，她跟在身邊，一顆顆地把種子撒在地上。她穿著裙子，春風一吹，裙襬就隨風飄蕩。他鬆一會兒土，就抬頭看一看她，兩個人相視一笑，無言，卻充滿了幸福。

初夏，小院子裡的花都開了，她帶著班裡的孩子們在院子裡學習古詩詞。讀到易安的「沉醉不知歸路」，有個小女孩站起來說：「老師，我們在妳的花園裡『沉醉不知歸路』哦！」她很喜歡這個小女孩，梳著兩個羊角辮，眼睛又大又亮，笑起來的時候，兩個小酒窩彷彿斟滿了佳釀。

素曼是個很懂生活的姑娘，她會花上很長時間，慢慢燉出一鍋雞湯，雞肉去皮，這樣可以減少油膩感。等禾清下了課回家，她把半涼的雞湯盛在樸素的小木碗裡，等他一起品嘗。

禾清是個極細心的男子，他會幫素曼修剪長了的瀏海和指甲。起風的夏日，他會對著溫熱的夏風，大聲呼喊素曼的名字。他說：「我要讓夏天的風把我們的愛收藏，我要讓每一朵花、每一株植物都知道，我愛的姑娘叫素曼。」

她聽著他的聲音，在耳畔響起又消失，消失又響起，她把頭輕輕地倚在他的肩上，想著這一生，她會永遠與這個男子在一起，嘴角不自覺地浮現出幸福的笑容。

　　他們所在的學校後面，是一片連綿的青山，南方的山，不高，但十分秀氣。假期時，禾清會牽著素曼的手去山中散步。他會採一朵小野花，別在她的頭髮上，當作髮簪。淡淡的花香，與她長髮上的檸檬洗髮精的味道混合，讓他迷戀。他捧著她的臉，深情地說：「素曼，我們結婚吧。」她的眼睛裡住著他的模樣，乾淨的白襯衫，濃郁的眉毛下長著一雙細長卻好看的眼睛。

　　就這樣一生一世相伴，真好。她這樣想著，用力地點了點頭。

　　婚禮很簡單，她班級的女生身著白裙，戴著花環，簇擁著她，走過綠草坪，走過紅地毯。微風輕柔，吹著她禮服的衣襬。潔白的婚紗，映襯著她因羞澀而略帶紅暈的臉頰。

　　「你願意一生一世守護身邊的女子，不離不棄嗎？」

　　「我願意。」

　　「你願意陪伴身邊的男子，不離不棄嗎？」

　　「我願意。」

　　她把雙手交給這個溫潤如玉的男子，也把她的一生交付給他。她的學生們齊聲說：「素曼老師，願妳一生幸福開心。」那一刻，她在心中默念，願無歲月可回頭。她知道上帝對她的垂憐，她應當珍惜。無論外面的世界多麼精彩，她都不想拿此刻擁有的一切交換。

　　婚後，他們把那座老院落買了下來，這裡真正成了他們的家。生活進入柴米油鹽的日常，他們從未吵過架，她的溫婉和他的細緻，讓平淡的日子充滿了浪漫。

　　她還有個小心願：「有生之年，養一個女兒，給她童話一樣的愛。」半年後，她感受到身體在一點點變化，那個即將到來的小生命，給了她更多的期待與嚮往。

　　早春三月，他們的女兒呱呱墜地。小丫頭生得漂亮，遺傳了母親的大眼睛和父親清秀俊朗的氣質。她看著襁褓裡的嬰孩，想著小丫頭會像小蝴蝶那樣，慢慢長大，飛向自己想去的地方，前幾日分娩的痛苦，已經忘了個乾淨。

　　她給女兒起了個乳名——Angel，因為女兒就是她心中的小天使。每次喚女兒的乳名，她的聲音裡都滿是甜蜜和憐愛。

　　他右手抱著小Angel，左手緊緊地牽著她，與她並肩漫步在夕陽下的操場上。

　　後來，我離開了那家雜誌社，輾轉多年，定居在一座北方的二線小城。素曼與禾清，依舊在南方小鎮，過著教書、種花的生活。他們的小Angel，已經會叫爸爸媽媽、會追著蝴蝶滿山野奔跑了……時光，真是潤物無聲。

　　小Angel出生後，素曼一直保持著每月寫一封信給她的習慣。素曼說：「我希望可以用文字記錄下Angel的成長，等有一天我老了，這些文字，將是我為她留下的愛和思念。」

　　春雨瀝瀝，小 Angel 看著窗外的雨花，要去操場玩水。禾清撐著傘陪她，雨水順著白色雨傘滴落，是那樣乾淨透明。素曼說：「我站在窗前，看他們父女倆在雨中嬉笑歡鬧，我的心，亦如這春天一樣，溫柔、喜樂。」

　　如今，小 Angel 五歲了，她的模樣很有古典氣質，長長的睫毛遮擋住明亮的雙眼，黑髮垂落在雙肩，額前的瀏海隨意地散在眉目之上。因為長期生活在山清水秀的環境中，小 Angel 的美也是同樣的清新脫俗。

　　日子一天天過去，生活在小鎮上的時光如同流水，緩慢而悠長。素曼與禾清最大的快樂，是看到小 Angel 快樂成長，兩個人朝朝暮暮。時間，自然會解答生命的意義。

　　素曼曾拜訪過一位老教師，她教了一輩子書，桃李滿天下，如今已經九十高齡，身體依舊健朗。她的家裡乾淨質樸，退休後的她在家裡侍弄花草、菜園，天氣好的時候，就坐在院子裡晒晒太陽，翻一翻舊書，眉目間從容又清朗。

　　我猜想，許多年後的素曼和禾清，大抵就是這般吧。那時，Angel 會長成如詩的模樣，而他們，會優雅地老去，日子清淡，但每一天都能感受到生命的喜悅。

此心安處是吾鄉

春天的鄉村，美得天然去雕飾。路邊各種不知名的小野花，開得迷人又熱烈。遠山與雲霧交相呼應，風穿過花園送來陣陣清香。清慈一見到我就露出淺淺的微笑，她的笑，與幾年前一樣，略帶幾分羞澀和恬淡。

她穿著一件白色長裙，長髮安靜地披在肩上，風一吹，額前的瀏海就歡快地跳動幾下。她輕輕地喚我的名字：「小隱。」那聲音，如同春水，滑過我的心間。

我們回到她的家裡。那是一座老屋，院子不大，種滿許多我叫不上名字的花草，而清慈對它們如數家珍。屋子裡的布置簡潔樸素，沒有過多的裝飾，卻讓人十分舒服。我們坐在她和先生秋木的書房，她與我說起自己與秋木的故事。我看到她眼睛裡閃爍著幸福的光芒，那是被愛著的人才會有的，彷彿孩童一樣，天真、乾淨。

他們的書房，是家中最大的房間，有一個鞦韆架、兩張椅子和一張長桌，桌子上放著清慈和秋木的合照。照片上，清慈一身素色長裙，正在低眉採一朵蓮花，而清瘦的秋木穿著一身靛藍色長衫，站在她身後溫柔地望著她。

「這張照片真好看。」我說。

「這是他母親為我們拍下的。」清慈說道，「那時，他帶我

回他的故鄉，荷花開得正好。我多麼愛荷花呀，就想採下幾朵插在粗陶瓶裡，放在老屋。秋木陪著我，他的母親說當時的畫面很美，就悄悄地拍下了這張照片。如今，母親去世兩年了，每當我看到這張照片，就會想起她，那個美麗、清瘦、和善的老人。」

我靜靜地聽著。清慈的聲音很低，說話時眉眼間透著一種感動，那是關於過去美好的追憶。

清慈遇見秋木的時候，是深秋。那時候，秋木並不是世俗意義上的好選擇，因為他唯一算得上財富的，只有一屋子的書。

「那年，我還在小城的中學教書，秋木是一家網路公司的平面設計師。一場讀書會，讓我們對彼此有了心動的感覺。秋木那天讀了一首自己寫的詩，名字叫〈聽見花開的聲音〉。」清慈輕聲講著，「他的聲音宛若天上的雲朵，純淨而美好。我坐在臺下，痴痴地望著他，竟想著：如果能成為他的妻子，該是多麼幸福的事情呀！後來，這件事真的成了現實。你知道嗎？我今生做得最正確的決定，就是嫁給秋木。」

我懂，我都懂。我望著清慈的眼睛，點了點頭。

清慈的人一如她的名字，乾淨、溫柔，只有攜手秋木這樣的男子，我才會覺得，上帝是仁慈的。讀大學時我和清慈住上下鋪。這麼多年過去了，我始終都記得我們初遇的場景。開學

第一天，我拖著笨重的行李走進宿舍，看到一個長髮白裙的女孩正坐在書桌前看書。她看到我走進來，給了我一個蓮花般清澈的微笑：「妳好，我叫清慈。」我也衝著她笑：「妳好，我叫小隱。」

清慈的美，不像玫瑰那樣耀眼，而是在舉手投足間不經意流露出的溫婉。大學期間，清慈收到過許多男生的表白，但她都婉言拒絕了。宿舍四個女生，只有清慈，始終一個人。清慈熱愛閱讀和寫作，也會在假期時，一個人去遠方。每年暑假，她都會獨自背上背包，去藏地支教。

因為同樣喜歡閱讀和寫作，我和清慈成了知己。她把自己寫的厚厚一本支教日記拿給我看，藏地的風景，朝聖的人，孩子們純樸的笑容，都令我心馳神往。我也會把我寫的文章拿給她一起交流。

大學畢業後，她回到家鄉，做了一名老師。而我，則背井離鄉，去了遙遠的南方。我常常會想，清慈會遇見怎樣的男子？直到後來有一天，清慈對我說：「我嫁人了，嫁給了我理想的男子。」

清慈與我說起她的秋木。

「他喜歡穿靛藍色衣裳。他說靛藍色有古意，不耀眼，但經得起時光的洗禮。」清慈頓了頓，起身為我們的杯子裡續上了茶。

「讀書會那天，他穿的是靛藍色的改良式漢服長褂，裡面是白色中衣，他長得不算帥氣，但眉目清秀，頗有儒雅之風。朗誦到動情處，他會露出迷人的微笑，我一下子就跌進他的聲音和笑容裡了。

「讀書會結束，大家都在互留聯繫方式，許多女孩走到秋木的身邊，說留個電話常聯繫。我也在那些女孩中，微微低著頭，小聲問他：『我們以後還會聯繫嗎？』可能是我當時的樣子太小心翼翼了，他笑著望了我一會兒，才拿起桌上的紙和筆，寫下一串手機號遞給我：『這是我的電話號碼，會再遇見的。』

「他的字真好看呀，一筆一畫，像開在紙上的花朵。我握著那張紙，手心裡都握出了汗。

「第二天黃昏，我打了個電話給他。電話那頭依舊是乾淨得讓人迷戀的聲音。『清慈。』他輕聲喚我的名字。他說：『妳穿白裙子，很美。』電話裡我們聊黃昏，聊生活，聊文學和夢想。我想，他對我大概也有小小的喜歡吧。從黃昏到夜幕降臨，我們足足聊了兩個小時，才依依不捨地掛了電話，末了他說：『妳是我見過的最乾淨的女子。』

「冬天來了，這座城下了雪，他約我一起去看雪。他很愛雪，他說雪是纖塵不染的，很乾淨。他說這句話的時候，我們正踩著薄薄的雪走在小城的公園裡，天氣很冷，人很少，只聽得見雪落在梅花樹上的聲音。

「他突然攬我入懷，在我耳畔輕聲說：『清慈，嫁給我吧。』那一刻我幸福地落了淚，不是因為風雪太大，而是因為我聽見了愛情的聲音。他的懷抱，那樣溫暖，讓整個冬季都不再寒冷。我等了二十五年，終於等到了心儀的愛情，我也終於相信，上帝會給每個人最好的安排，會看見人間的深情，會讓等待遇見轉身。」

「你看，這是他送我的第一份禮物。」說著，清慈從書架上抽出一本線裝書。那是一本《詩經》，封面是乾淨的靛藍色，有一方紅印，古樸雅緻，看上去像個沉睡的美人。

「第二年春天，他帶我回故鄉見他的母親。他的母親有著歲月留下的優雅，我想過自己年老的樣子，最好就是與世無爭、安穩寧靜，在一方小院裡，日出而作，日落而息。而這些，他的母親都在實現著。

「他母親是一名小學老師，在小村教了一輩子書，桃李滿天下。在他很小的時候，母親就教他讀唐詩宋詞，背《三字經》，看音律啟蒙。他說：『清慈，遇見妳，我終於明白了等待的意義，因為這個世界上有一個與我相似的姑娘，也在等著我。』

「他的家裡布置得很簡單，但那一屋子的書，讓我震驚。他說這些書他都看完了。我再一次相信，他就是我今生今世白首不離的男子。

「深秋，他許我一生安穩，我們組成了一個小家。開始，

我母親並不同意我們在一起，她希望我能嫁給物質條件更好的男人。秋木的一封信，打動了我的母親。我的母親說：『清慈，去愛吧，他是個有生活熱情的男人。無論你們以後是貧賤還是富有，我相信，有他在，妳會過得很快樂。』

「在父母等親人的祝福下，我嫁給了秋木。我們依舊在小城工作生活，他的母親則守著村莊裡的老屋。兩年前，他母親去世，這座老屋就空了。」

「萌生出回到小村的想法，不是一時衝動。」清慈續上茶，繼續講著他們和老屋的故事。

「秋木的母親在世時，我們經常回來。春天這裡有漫山遍野的杜鵑花；夏天，老屋門前荷塘裡的蓮花為人們送去清涼；深秋時，那漫山的落葉彷彿是一條巨大的、火紅的地毯；冬天最大的驚喜，便是在清晨推門時遇見的一片素白。

「每當我回到老屋，在四季的風景裡流連，心就感到很安寧。秋木看得出我的熱愛，對我說：『清慈，我們回小村吧，餘生平凡簡單地過。』妳瞧，他多麼懂我。

「回來後，我繼續教書，只不過是從小城到了小村。村莊裡的孩子，像是美好的蒲公英，他們沒有任何束縛，快樂且單純。有時候，我會在清晨收到一束野菊花，那是孩子們在上學路上採的。有時候，我生病了在家裡休息，會有三五個孩子捧著家裡的花生、西瓜來看我。我的心越來越平靜，彷彿清澈的

春水，撞見孩子們的天真，便泛起陣陣漣漪。

「秋木回來後，繼續他的平面設計工作。他是個心思細膩又很有才情的男子，由於設計的作品品質很高，他的訂單從沒有斷過。但他會拒絕掉一些單子，我們兩個都喜歡簡樸的生活，所以，錢財只要夠生活就行。小村的生活沒有那麼多欲望，青菜都是我們親手種的，很少吃肉，衣衫也是簡單乾淨便好。

「因為老屋年歲太久，回來後我們又重新做了整修。我和秋木都愛書，所以就把最大的房間做了書房，把母親和他的藏書一起搬了進來。如今，當我坐在書房裡，望著這一屋子的書，還有身邊的他，總會覺得卜帝對我太慷慨了。」

「除了書，我們還都愛花。你看，院子裡的那些花，都是秋木種的。」清慈手指著窗外的花圃，平靜地述說著。我望向窗外，瓦藍的天空飄著幾朵雲，小院裡，花朵或結著花苞，或開得正好。

我和清慈聊了很久，從午後到日暮。我突然想起讀書時，我們會一起去圖書館，一人捧一本小說，對坐著看，還會坐在學校的荷塘邊，說著未來，聊著理想。時光兜了一圈，我們都過著各自熱愛的生活。有繁華也有寧靜，雖然生活的軌跡不同，但我們都是幸福的。

告別清慈的那天，她和秋木一起送我，清慈說：「繼續幸福。」我抱了抱她，轉身離去。

幸福的定義是什麼？

有人說幸福是海角天涯，有人說幸福是愛和心安。

有人說幸福是海市蜃樓，有人說幸福是腳踏實地。

也許，幸福就是心的平靜吧！

心安了，就是幸福。

「祝好，清慈。繼續幸福。」我在車窗上哈了一口氣，畫出兩顆愛心，輕輕地說。

遇見，道別，小憩之後，歸於尋常。日子，在喧囂的人群中繼續。其實，平淡的每一天，都是不可多得的好日子。

第二章
深到一小朵花裡的愛

風閒日月琴

　　喜歡一些小字，方方正正寫出來，筆端開花；輕輕巧巧讀出來，唇齒生香。「風閒日月琴」，本來是「風弦日月琴」。在白音格力的書中讀到這五個字，但我寫下來時，卻寫成了「風閒日月琴」。真妙。「閒」，是「浮生半日閒」的「閒」，有天地間的灑脫與自在。

　　風閒，是最日常的美好。人要做到風閒，才是最自在與真實。閒，有豁達的意味；閒，亦是寵辱不驚。人間坎坷，閒對；四時風景，閒看；冷暖人情，閒待。超然與物我，大抵如此。

　　心懷喜悅地等季節更替，冬去春風來；認真地迎接每一個清晨，送往每一個日暮；以慈悲的心境面對人生的得失與困惑，皆是風閒。

　　春天，適合做個閒人。若恰好生活在江南或者村莊，那便是錦上添花的詩意。

　　在落著濛濛細雨的午後，去怡園尋梅。這些年來，尋梅是每年都會做的事情。好像這是一場與春天問好的儀式，看見一樹一樹的梅花，粉紅、粉白，還有芽綠，好光景與日月同享。若是有緣，還會遇見同遊園的你，那就輕輕道地一聲：「嘿，春天好。」

　　江南早春的雨下起來，像愛人在你的耳畔呢喃，那麼輕柔、那麼清涼。你也不必撐傘，就那樣走著，雨絲不會淋溼你

的頭髮。梅花朵上亦沾著點點雨滴，似美人眼角的淚痕。說什麼梨花帶雨呢，我看這是梅花帶淚。但這淚是綿綿億億的溫柔，而非悵然若失。

草木清幽的園內，遊人尚少。青磚上又長出許多青苔，雨中愈發潤澤，那綠，幽幽靜靜，好似光陰從未走遠，今夕還似往昔，你是那園內人，在早春的某個午後，懷思著說不清道不明的緣分。

人生之美，是有著這些風閒歲月。所謂風閒歲月，並不是不問世事，而是在浮華的世事裡，隨時有一顆出離心，去認真地體會一寸光陰裡的好。

好琴、好書、好畫、好詩、好酒、好花、好茶。

所有的好最終都歸於風閒，歸於無用。越是無用，越有用。我們終究要在漫長的人生裡，跌跌撞撞，去求安穩，去求周全。這跌跌撞撞的人生，熱鬧時常有，迷失時常有，忘乎所以時常有，然而，如果有了這些無用之閒，便可以在熱鬧時保持清醒，在迷失時豁然開朗，在忘乎所以時問候初心。

琴一曲，奏出落落河山；書一筆，寫下萬古流芳；畫一張，留住美景逝去；詩一首，詠唱日常確幸；酒一壺，心懷英雄天下；花一枝，留香小徑人家；茶一盞，喝出世故清涼。

風閒，去擁抱光陰裡的冷暖。日月朝夕，為你的心留下一處清幽地，不必種上花團錦簇，只需一枝，一枝便可好光景。

忽而又是一年光景

01

遵循四季時令而活，見過二月的春風輕輕拂過河岸邊的柳，亦曾與六月的陽光在飽滿樸實的綠林裡撞個滿懷，秋深時葉落，冬歸時寒襲，又是一年光景。四季就這樣路過這熱鬧的人間，歲歲年年。

大寒是冬天的最後一個節氣，那些好的壞的好像都能在此時畫上句點。

每逢此時，江南的冷，可以鑽進骨頭縫裡。若沒什麼緊要事情，便很少再出門，因為室外寒冷的溼氣總被寒風裹挾著，直往人的臉上吹，即使圍巾、帽子、羽絨服全副武裝，那刺骨的冰冷也不會消失。

我有些蘇州本地的朋友，不管什麼時候都衣著單薄，似乎絲毫感覺不到寒意。身為北方人，只要有丁點兒的冷，我都恨不得把自己藏進室內，最好還有紅泥小火爐，用來溫酒或煮茶，就這樣待到春歸，再伴著春風出門。

02

每到此時，常常想起故鄉的種種。北方的冬雖然溫度更低，但那裡的冷是清冽的，更有冬的感覺。江南的冬，明明冷得讓你難以接受，出門撞見的卻還是黃綠相間的柳、緩緩流動的河，讓人懷疑這到底是冬還是秋。

南方的草木，有些已露出早春的模樣，但冬天的嚴寒卻依舊賴著不願走。好在，江南的冬，符合所有詩意的想像，比如與二五好友圍爐品茶，比如到園林深處探訪梅花。不然，我真的更期待那蕭瑟深沉、遼闊寂靜的北方的冬天。

念起故鄉，便又到歸家時。簡單地收拾了一下行李，期待著回家的日子。只有離開過故鄉的人，才更能體會人對故鄉那說不清的眷戀。一方水土養一方人，每個人身上都有自己長大的那片土地留下的烙印。人們之所以對故鄉如此念念不忘，大概也是在懷念曾經的自己。

可是人生，哪裡有百分之百的圓滿呢？故鄉可以承載你的鄉愁，卻裝不下你的夢想。於是，你像候鳥一樣，一次次地離開，又一次次地歸去，經歷著無數次的遷徙。

人生的意義大概就是在這不圓滿中修行，修一顆柔軟慈悲的心，修割捨不斷、悠遠綿長的情。

人只有懂情，才會完整。我們呱呱墜地時，都還是白紙的模樣，父母的照顧，姐妹兄弟的關愛，讓我們懂得了親情；與

玩伴攜手同行，讓我們懂得了血緣之外的友情；情竇初開的甜蜜和惆悵，讓我們懂得了愛情；草木、土地的養育，讓我們懂得了自然之情。歷歷光陰，我們在這無數的情感之間成長、老去，完成一生的旅途。

03

走至四季的尾端，心中除了淡淡的惆悵，更多的是蠢蠢欲動的期盼，彷彿只要一個轉身，就即將撞上春天的衣袖。

蘇州園林裡的春梅，悄悄結上了花苞，甚至有一些都綻開了一點花瓣，就那麼一點紅或白，掛在枝頭上分外靈動。梅花盛放時，是熱鬧燦爛的美，而此刻的梅花樹上，卻是欲說還休的朦朧美。

從花卉市場買回一盆水仙，放在桌案上用清水養著，為房間增添許多雅緻。濃郁的香，散落在房間的每一個角落。想起古人的雅室。嚴冬，雅室內水仙凌波，古書成卷，品茗撫琴，好不清幽。我雖無此風雅，但依然覺得，有了水仙，冬便有了浪漫的基調。

04

北風還在呼嘯，東風已送來花信。大寒一候瑞香。「買斷春光與曉晴，幽香逸豔獨婷婷。」楊萬里筆下的瑞香有著春光

裡的明媚，又飽含著冬日裡的幽美。

瑞香花小，看起來並不起眼，朵朵小花簇擁著，和丁香有幾分相似。但造物主很公平，沒有給你絕世的姿態，便會給你驚豔的香氣。瑞香芬芳馥郁，遠遠地，你就會被這陣香吸引。

瑞香花原本生長在深山中，山野的廣闊賦予了它略帶野性的香氣。《清異錄》中就有記載：「廬山瑞香花，始緣一比丘，晝寢磐石上，夢中聞花香酷烈，及覺求得之，因名睡香。四方奇之，謂為花中祥瑞，遂名瑞香。」我猜想，那路過的僧侶也是被濃烈的香氣牽絆了腳步，這才讓生活在今天的我們也有機會領略這「四方奇之」的芬芳。

寒氣尚未消退，蘭花迎寒而開。你若在冬天來到蘇州園林，多數室內都會擺放著窈窕纖細的蘭花。

那日我去怡園探梅，在石聽琴室看見兩盆蘭花，嫋娜娉婷，屋內還放著一張古琴。「月明夜靜當無事，來聽玉澗流泉琴。」嗅著蘭花綿延的清香，那泠泠琴聲似乎也乘著時光機在耳畔若隱若現。

風捎來大寒節氣的第三封信——山礬開了。山礬是一種很樸素的小花，「高節亭邊竹已空，山礬獨自倚春風。二三名士開顏笑，把斷花光水不通。」這是黃庭堅為山礬所作的詩，我很喜歡「山礬獨自倚春風」這句。一個「獨」字，一個「倚」字，道不盡的平凡，正如山礬花的身世，不過是田野上的尋常

野花。很少有人關注，「獨」和「倚」二字有一種悵然的情緒，但緊跟著「春風」，又讓這悵然變得明朗起來。

05

人也是如此，即使此刻獨倚西樓，風雪中飄搖，但總有春風送來喜悅。

收拾好了一年的塵埃、書籍、衣物、人情之後，便是輕裝上陣的遠行。大寒，最後的告別，再見舊年。大寒，深深的期盼，你好新年。

日常裡的一抹香氣

忽然讀到「馥郁」這個詞，在這被霧霾籠罩的寒冬，讓心情也生出香氣。

馥，左邊香，右邊復，是重複的香，層層疊疊，濃烈迷人，就這樣闖入你的生活。儘管你喜歡清淡的事物，可這香卻讓你無法拒絕，甚至有些貪戀。

我曾經想過一個問題：究竟什麼花的香氣能稱得上馥郁？也許是深秋的桂花吧，秋心合為愁，秋日似乎總與離愁別緒分不開。你開啟窗，馥郁的桂花香就急急忙忙地撲向你。你心想，古人真是多愁善感，伴著這麼濃烈的香，縱使是離別，其中的愁緒也該被消解了不少吧？你望著窗外的芭蕉，聽著滴答的雨聲，覺得即便是在這以遺憾為美的黃昏，桂花的馥郁也讓人捨不得憂愁。

離人總有歸期，就算沒有，曾經的故事和風景還在，何必因為離別而辜負了此刻的好光景呢？不如學南北朝的陸凱，他要贈一枝春，你就贈一枝秋吧。折一枝桂花，是贈一季秋，也是贈一縷香，這香，可以溫暖秋的涼意，也可以留下深深的牽掛和依戀。因為這香，離別都多了幾分溫柔。

少年的愛情，也帶著馥郁的香氣。十六歲，懵懂的年紀，和她愛穿的白裙子一樣乾淨。寒冷的冬天，你踩著未融的積雪

咯吱作響，在冒著熱氣的早餐鋪買了兩個包子、一杯豆漿，早早來到學校，把早餐悄悄放在她的課桌抽屜裡。這樣的暗戀，甜蜜，令人心動。

終於有一天，你把刪改了無數次的情書和早餐一起放進去。一天，兩天……等待的日子最是煎熬，害怕被拒絕，更害怕她因此開始討厭自己，連普通朋友都沒得做。

第九天，你收到她的回信：放學一起走吧，送我回家。你握著信，臉漲得通紅，心裡卻在歡呼雀躍。總算等到下課，你們一起走在大街上。冬天的夜來得早，你牽起她的手，路燈照在她的側臉上，地上的剪影都是那麼美。

「你喜歡我什麼啊？」她問。

你竟有些語無倫次：「喜歡……喜歡……就是喜歡妳啊。」

她莞爾一笑，被你握著的手，用力地回握住你。又問：「知道我為什麼在第九天給你回信嗎？」

「為什麼？」

「因為九就是長久啊。我們會長長久久地在一起，對吧？」

是啊，長久。這一牽手，就走過了十年。二十六歲那年，她嫁給了你。婚禮上，你說，這是我們的第一個十年，未來無論還有多少個十年，我們都一起，長長久久地走下去。

往後餘生，是馥郁遇上樸素，是風花雪月遇上柴米油鹽。

　　戀愛總有一天會變成日常的生活。馥郁是日常裡的一抹香氣，散落於朝暮之間，濃烈也變為了清淡。

　　生活的瑣碎難免讓人感到有些倦怠，而馥郁是擊敗倦怠的良藥，提醒你們曾經的快樂回憶，值得用心去守護和珍惜。

　　只要有馥郁的愛情打底色，無論你們的生活是怎樣的姿態，都能長久、幸福地走下去。

生活裡的朝與暮

晚歸的夜晚，路燈把家門前的小路照得十分溫柔。這是早秋，風溫柔地拂過臉頰，長髮在肩上飄，她在路燈下亭亭玉立。

好清新。

她被風送來的香氣定住了腳步。再深吸一口，原來是青草香啊，她在心裡默唸了一句。

低眉，看到路邊的草坪，是被修剪過的模樣。那青草香，就是從這片修剪過的草坪上飄來的，被風一吹就送到了她的心上。

她貪戀青草的香氣，好似飲了一杯清茶，淡而長久。好想找一個詞來形容這種香，可她卻感到詞窮，只是貪婪地、深情地陶醉於那抹香氣。

她自小就喜歡這種植物，沒有那麼熱烈，好似生活裡的朝與暮，平凡，卻又那樣深情。

如果說愛情像是植物的香氣，青草香最好。玫瑰熱情濃烈，可是總會刺傷彼此；百合純白無瑕，卻又太曲高和寡；唯有這青草香，像兩個人的莞爾不語，是兩個人攜手在生活中奔波努力的樣子。

她也有過玫瑰一樣的愛情。那是讀大學的時候，他們的

愛，熾熱如火。他是校園裡的風雲人物，帥氣陽光，各種文藝會演上都能看到他的身影。她愛上他，是因為他指尖在黑白琴鍵上飛揚的優雅，是因為他在舞台上的神采奕奕，是因為他乾淨的白襯衫和桃花似的眼睛。

她呢，雖不及他閃閃發光，但與他在一起，也算是一對般配的才子佳人。她寫詩，一首首都是為了他。她穿著漂亮的晚禮服站在他的身邊，彷彿全世界的美好都因為他們而存在。

二十歲，是花朵含苞待放的年紀，她在他的臂彎裡盛放，他為她送來陽光和雨露。但愛情裡不只有浪漫與美好，還有平淡甚至矛盾。

畢業，工作，一起生活，風花雪月最終還是被柴米油鹽擊碎。她質問：「你是不是變了心？」他怒吼：「妳要的愛情我給不起，行了吧！」終於，在那個深秋，他們各自轉身離去，從此成為陌路。

五年後，她遇見了現在的他。二十歲的時候，她以為自己這一生會活得驚天動地，愛情更是要轟轟烈烈。可是，在二十五歲的時候，她卻愛上了踏實、平凡。

那是個寒冷的冬夜，她急性闌尾炎發作，痛得蜷縮在床上。他發簡訊給她道晚安，她的堅強在那一刻崩塌。十分鐘後，他送她去了醫院。那天的雪，下得那樣大，整座小城都被雪覆蓋。馬路邊的香樟樹上，落了厚厚一層雪。昏暗的路燈

下，雪花紛紛揚揚。她依靠在他的肩上，從未有過的心安從心底滋生。

　　他們就這樣走到了一起。他真是有些呆的男人，情人節，他只會去菜市場買許多菜，然後做一桌子的飯菜等她回家，看著她吃得津津有味，他便很開心。他說：「我真是世界上最幸福的人。」她問：「為什麼？」他答：「因為有妳陪在我身邊啊。」

　　他們從未說過愛，只在一朝一夕、一粥一飯裡，深情相伴。

　　這世上，多的是平凡的人、平凡的愛，這些平凡的人和愛就像青草，一點都不起眼，但也有自己的芳香。它的香氣不會太誘人，因而十分容易被忽略。但是，它依然存在著，在你每天清晨起床的呼吸裡，在你每晚回家的昏黃燈光下。

白蘭花愛情

　　姑蘇城的初夏，散發著淡淡的清香，那是茉莉花與白蘭花暈染開的香。她很愛這樣的季節，夏日未深，陽光還不至於將皮膚灼紅，可以穿輕薄柔軟的裙。她很愛這樣的蘇州，路邊斑駁的樹影，水塘裡清幽的菡萏，甚至是每天清晨，風吹動窗簾的浪漫，都讓她眷戀著迷。

　　她走在平江路上，臨河的垂柳下，有位阿婆穿著藏青色的斜襟襻口布衣，笑容在布滿褶皺的臉上攤開。「姑娘，買串茉莉吧，很香的。」阿婆說。她停下來，竹編籃裡是阿婆穿好的茉莉手串，還有幾朵白蘭花。潔白的花朵，在古樸的竹籃裡，有種歲月靜好的氣質。

　　她要了一串茉莉，兩朵白蘭，戴在皓腕，別在衣襟。花的香氣瞬間將她包裹，彷彿是從她身上自然散發出來的。蘇州，真好。她這樣想著，與阿婆道了別。

　　帶著一身芬芳繼續走街串巷，她突然想起許多年前與他的相遇，同樣的淺夏，同樣的花香。

　　第一次遇見，是在朋友的茶室。她的衣襟上，彆著一朵白蘭花。他坐在她旁邊，米白色棉麻禪服，笑容溫柔。朋友清煙介紹：「這是落塵。」她轉過頭，撞上他清澈的眼眸。他禮貌地與她打招呼，聲音渾厚又乾淨。她微笑，酒窩淺淺：「你好，我是式微。」

落塵，這個名字，她不是第一次聽說。善古琴，懂繪畫。起初，式微以為，這樣的男生一定很自傲，如今初見，卻怎料是這般溫暖。她想不出更好的形容詞，只記得有句話這樣說：「陌上人如玉，公子世無雙。」

他，便是舉世無雙的謙謙君子、翩翩少年。

第二次想見，他們相約去太湖，聽蛙聲，看繁星。那近乎與世隔絕的古村，是清煙長大的地方。村莊的夜，沒有車水馬龍、燈火霓虹，他們坐在小院子裡，真的可以聽到蛙鳴。抬頭，一顆顆星星在夜空閃亮，眨巴著小眼睛。

那晚，他依舊坐在她旁邊，他們一起把夏天的浪漫寫進詩行。她的衣襟上，依然別著一朵白蘭花。

第三次見面，他約她去重元寺。姑蘇城外，陽澄湖邊，剛剛下了場雨，湖水渺茫，煙雨朦朧。他說：「我們在一起吧。」她望著他：「好，不負如來不負卿。」

他們搬到平江路丁香巷，老屋門前，畫著一個撐著紙傘的姑娘。那幅畫，是他親手畫的。因為她喜歡戴望舒筆下的丁香姑娘。

住在老巷裡，深居簡出。他問：「還記得我們的初遇嗎？」她答：「怎麼不記得？」他說：「我當時想著，這個姑娘難道自帶體香嗎？那麼清雅。現在才知道，原來，那是白蘭花的香呀！」

她笑起來，眼角眉梢有蘇州的味道。

深居簡出，把生活歸於生活

我喜歡一些簡單的詞，比如澄澈、樸素、深居簡出。

深居簡出，字面意思是平日裡在家，很少出門。這個詞出自唐代韓愈的〈送浮屠文暢師序〉：「夫獸深居而簡出，懼物之為己害也，猶且不脫焉。」它還有個近義詞──離群索居，但我更喜歡深居簡出的說法，聽著舒服、乾淨。

我的筆名叫小隱，取自《道德經》。原文這樣寫：「小隱於野，中隱於市，大隱於朝。小者，隱於野，獨善其身。中者，隱於市，全家保族。大者，隱於朝，全身全家全社會。」

大隱，是最高境界，但如今我的心境，只在小隱。

小隱，因小而隱，這是我自己對名字的詮釋。自從來到蘇州，便生出小隱的情結。這不是一座匆忙的城市，這裡有花、有水，有低矮的黛瓦人家，有斑駁的古老白牆，還有可以讓人浪費一個午後的深深長巷。

也許是因為這樣的風景，像極了年幼時生活的村莊，風清月明，平淡悠然。每天看日出日落，朝與暮有規律地交替著，時光在此似乎放慢了腳步。

所以，選擇小隱於此。「江南」兩個字，隨口一說，就充滿了朦朧的氣質，是金戈鐵馬的江湖裡，那不問朝夕的兒女情長；是馬不停蹄的生活裡，那素衣素心的冷暖自知。

與朋友聊起日常。

生與活，真是個宏大的命題。不顧一切地追趕時尚潮流，誰都有過這樣的歲月，但生活的本質是樸實無華的。一個人若想活得熱鬧是不難的，因為我們所處的這個時代，本身節奏就很快。然而，要活得清簡、質樸，卻是極其難的，因為你要經受得起質疑和不屑。

平凡的好，是相愛的人朝夕相伴，溫柔以待；是親愛的小孩，仰著臉對你燦爛地笑；是身邊的親人、朋友安好喜樂；是新鮮的菜蔬瓜果，是春有百花秋有月，夏有涼風冬有雪。

深居，清雅而脫俗。猶如山林的風、鄉野的花、陪在身邊的人。

簡出，乾淨而清爽。猶如素白的雪、秀麗的泉、三餐四季的日常。

深居簡出，是一種生活方式。這是我在給讀者的簽名書上寫的祝福語。微信上有一對夫妻，在終南山生活，妻子上山採藥，丈夫陪她。他們穿舊時的衣服，住在有院子、有薄瓦的房子裡，養了兩隻小狗，育有一個女兒，兩個人的父母都在身邊，每日吃的菜蔬，是母親親手所種。他們的理念是健康、潔淨，是把生活歸於生活。

她說，山居生活需要的不是豐富的物質，而是情懷和心境。

生活在村莊、山林的人有許多，然而，農家人會認為這是辛勞，是無休止的貧窮。但如果反過來看呢？居於山野意味著擁有健康的食物、清新的空氣、親近的鄰里、勞作的喜悅，以及浮生一夢裡內心的安寧。

我不排斥奮力打拚、不斷向前的生活方式，因為每個人都有選擇自己生活方式的權利，只要心安，就沒有一種生活方式是「錯誤」的。

只是，但願別被忙碌的生活擋住乾淨的雙眼，要懂得抓住此刻，明白生命本身就很美好。無論熱鬧還是清淨，都能欣喜滿足。

歸宿皆相同，不要輕視平凡。珍惜，就好。

耦園住佳偶，佳偶自天成

蘇州之美，離不開園林。

園林就像這座城市的靈魂。山、石、亭、橋、水，盡在一方小小的院落。

耦園位於小新橋巷。當你漫步在平江路，若是感覺被熱鬧的人群驚擾，別失望，不妨去旁邊縱橫交錯的巷子裡走走，那裡才是老蘇州人的日常，才是真正的水鄉生活。驀然回首，你還會遇見一座精緻的園林。

耦園。「耦」通「偶」，有夫婦歸田隱居之意。

耦園在初建時名為「涉園」，取自陶淵明〈歸去來兮辭〉中的「園日涉以成趣」。而耦園的名字，則是由清末的安徽巡撫沈秉成所取。

沈秉成與妻子嚴永華的愛情，大概是如今許多人嚮往的吧。琴瑟和鳴，相攜歸隱，歲月靜好，現世安穩。

安於城市一隅，有愛有陪伴，不糾結於人世的俗念，這也是隱居之意。我們對陶淵明的認識，從「採菊東籬下，悠然見南山」開始，他是田園派詩人的代表，也寫了不少歸隱之趣的作品。而沈秉成、嚴永華與耦園的故事，恰好與陶淵明的歸隱有異曲同工之妙，雖然一個是隱於南山，一個是隱於城市山林，但心境終究是相似的。

涉園、耦園，或許也有冥冥之中的緣分吧。

耦園在蘇州眾多園林中，算不得厲害，畢竟有拙政園、獅子林、留園在呢。但是，耦園小而精緻，就像江南水鄉普通人家的女兒，沒有大家閨秀的華貴，但溫柔清雅。

門前臨河，不時有撐船的阿婆經過，清澈碧綠的河水與阿婆的靛藍色白印花衣裳相映成趣，彷彿一幅流動的畫卷。春天，河岸邊倚著幾株桃樹，落花紛飛，風兒微醺，垂柳搖曳。你想起汪冊的歌曲〈夢裡水鄉〉：「春天的黃昏請你陪我到夢中的水鄉，讓揮動的手在薄霧中飄蕩，不要驚醒楊柳岸那些纏綿的往事，化作一縷輕煙已消失在遠方。」

君到姑蘇見，人間盡枕河。耦園三面臨河，一面沿街。春雨細密如牛毛，落在門前的青石板小路上，你撐著油紙傘，消失在煙雨之中。雨水落在小河裡，激起層層漣漪，春天的綠，飽滿得似乎可以滲出水來。你站在兩條河交會處的小橋上，遠處是古老的相門城牆，近處是斑駁詩意的白牆黛瓦。

被河流環繞的耦園，自有一種清澈明淨。這也是其他園林無法比擬的氣質。

深秋時節，你漫步園內，先是被桂花香牽絆了腳步。剛下了場雨，桂花樹下的青磚上長了許多青苔，溼漉漉的。淡黃色的桂花落在青磚上，讓人好像穿越了一般，古意盈盈。

幽窗、花香，讓平日雷厲風行的你，不自覺地放慢了腳

步。在這裡，虛度時光也是一種美好。抬頭，見「平泉小隱」
四字。據說，「平泉」在古代是別墅的別稱，「小隱」則與主人
沈秉成夫婦的隱居有關。

　　草長鶯飛二月天，去城曲草堂看看吧。那一樹玉蘭花，映
著黛瓦，掏心掏肺地要將春天送給你。若是累了，就上雙照樓
歇歇腳吧，一曲琵琶雅樂，一杯甘甜清茶，一段浮生光陰。你
會聽到江南，聽到「大珠小珠落玉盤」，聽到竹林煙雨，聽到
安穩與平靜。

　　為何詩人會說「能不憶江南？」，憶江南憶的不僅是一個
地名，更是一種中式生活。

　　就如此刻。抬頭，窗外的玉蘭入眸，此時的玉蘭花在雕花
窗的映襯下如水墨畫，美得非常有靈氣。另一側臨著小河，河
水在微風的吹拂下猶如綠綢帶般飄逸。耦園的楊柳岸，不是曉
風殘月，而是芬芳燦爛。

　　就算是落雨時節，你也不用擔心。城曲草堂環廊相抱，倚
廊聽雨或坐在二樓的茶室品茗聽雨，都不失為一種享受。

　　萬物還在悄悄甦醒，幾朵含苞待放的山茶花，已開始溫暖
早春。城曲草堂前面的假山上植著兩棵百年山茶樹。滿地落
紅，拾起一朵放在掌心……彷彿體會到了黛玉葬花的惆悵與詩
意。花開花落，繁華終會過去，但也總有一些東西會留下來。
黛玉早逝，但她的香魂卻活在每個人的心中。

　　九曲橋上，穿著漢服的姑娘望著受月池中的殘荷，自己也像是　朵嬌羞柔嫩的蓮花。那一低頭的溫柔，讓你想起徐志摩的詩句。

　　橋靠望月亭，倚黃石假山，望山水間亭臺，四季花木相映。

　　深秋，又是桂花飄香，甜糯的香混合著秋日暖陽，有種微醺的感覺。

　　穿過長廊，步入花園，形態各異的太湖石鋪成蜿蜒的石子小路。這個花園，四季各有風姿。早春，紅梅花伴著花窗，清新秀麗；盛夏，竹影斑駁，在酷暑中誄得一隅清幽；深秋，紅楓映著生鏽的門環，古樸典雅；寒冬，小小的蠟梅香溢滿園。

　　出了花園，過長廊，轉角是無俗韻軒。春有紅玉蘭，夏有紫薇，秋有暖陽照在斑駁的老牆，冬有枯瘦木枝與太湖石相映，構成一幅枯山水之景。坐在軒內讀書寫字，累了，抬頭看看門外的這方小天地，四季變化著不同的詩意，也為書本添了許多美好。

　　迴廊是蘇州園林裡悠長的風景。期盼、等待、深情，皆與迴廊有關。漫步園中，忽聞悠揚的絲絃聲和清麗婉約的吳語。這是耦園書場，你點她唱，聽不懂唱詞，依然覺得生動而鮮活。

　　遊園，驚不醒的舊夢。小小耦園，以隱居安度閒日。時間

劃過，亭臺依舊，樓閣依舊。婉轉的曲調唱出水鄉的溫柔，
這，是我能想像到的最詩意的棲居。

　　關於江南的一切幻想，都可以落到此刻的光景裡。一座古
老的庭院，細碎的日子，沒有驚天動地，只有平和安詳。

外婆留給我一首歌

風吹著你的衣衫／我看見／你笑得瞇成一條線的眼／時光坐在我的對岸／向我揮著手／說好久不見／再遇見那個夏天／我抱著吉他輕輕彈／盼望著夏天、盼望著假期、盼望著老屋門前／再聽你唱起／搖啊搖／搖啊搖／我的小寶貝睡著了

林婉清坐在七月的風中，唱起這首歌。風溫柔地撩撥著她瀑布般的長髮，空氣裡有若有似無的草木香，很淡很淡。歌聲被風吹到天邊，直到消失不見。她仰起頭，望著大朵大朵棉花糖似的雲朵，流動著藏入藍天之中。

距離外婆離開人間，已經整整十年。

她的腦海裡，浮現出外婆瘦小的身影。這首歌名字叫〈一九九八年的夏天〉，是林婉清自己作詞、譜曲的歌，寫給她的外婆。

「外婆，妳看妳看，天上好多小星星呀！」一九九八年的夏天，某個夜晚，剛剛入暑，在地圖上都找不到位置的一座小村莊裡，林婉清和外婆躺在院子裡的竹床上，愉快地說著話。四周是青蛙呱呱的叫聲，還夾雜著蟈蟈的唧唧聲。外婆捏了捏她的小臉蛋，溫柔地說：「清清，星星是思念。」

林婉清不懂，問為什麼。外婆說：「天上一顆星，地上一個人，天上的每一顆星都是地上人對親人的思念。」林婉清似

懂非懂地「哦」了一聲。

　　小村位於河南中部，沒有青山綠水。抬眼望去，春天，是遼闊無邊的麥田；夏天，是正在拔節生長的玉米苗；秋天最有趣，小村的人忙忙碌碌，卻不覺得辛苦，因為那是收穫的季節。林婉清最不喜歡冬天，因為她喜歡的大樹落了葉，光禿禿的，天氣又冷又乾，像被人類遺忘那般，毫無生機。

　　她枕著夏夜，安心入夢。夢裡，她看到外婆望著天上那顆最亮的星發呆。外婆，在思念外公吧。

01

　　一九九八年，再回首，彷彿未曾走遠，但細數流年，卻已相隔二十餘年。那一年，她八歲，讀小學二年級，盼望著夏天，盼望著暑假。

　　林婉清是家裡的二女兒，讀小學之前，她是在外婆家長大的。那時，婉清的奶奶想要男孩，所以，在婉清姐姐三歲的時候，婉清出生，只是，很可惜，沒有如奶奶的願，她仍舊是女孩。

　　婉清的爸爸媽媽比較明理，所以，她的童年並沒有因為奶奶的老思想而有陰影。然而，剛出生的她沒有辦法上戶口，於是被寄養在外婆家。外婆家在距離她家二十公里的小村，那條去往外婆家的田間小路，她閉著眼睛，都能認得。

外婆很愛很愛這個粉雕玉琢的外孫女。一角錢四個的糖果，外婆一個都捨不得吃。她看著婉清吃完一個後奶聲奶氣地說：「外婆，糖。」再拿出另一個，剝開，送到婉清的小嘴裡。女兒拿來的水果，她放在那個老式櫥櫃裡，留著給婉清……

婉清在外婆的呵護下漸漸長大，會說話了，會走路了，會跑跑跳跳了，一晃眼，要上學了呀。

終於有了戶口，是五歲那年。林婉清被爸爸媽媽接回家裡，同年九月，她入學，讀育紅班。

那是個春天，外婆站在老屋門前，日光明亮，風溫柔，這個孤獨的老人，看著婉清遠去，不停地揮手，揮手……直至小小的婉清，消失在無盡的田野。

02

爸爸媽媽很疼愛婉清，在家裡，還有個大婉清三歲的姐姐也護佑著她。小小的孩子，不懂愛與珍惜，只是順著大人的意，一天天地過著。外婆家，成了走親戚時去的地方，與外婆的點滴喜樂，亦不過是平常的祖孫情，沒有深深的思念和不捨。

長大後，婉清想起外婆。多少個黃昏日暮，那個孤獨的老人，心裡都住著想念吧。

外婆三十五歲那年，外公去世，她獨自拉扯三個女兒長大，各自成家，女兒的孩子，唯有婉清，從小與她最親。

婉清的到來，是這個孤獨的老人最珍惜的好。如今，這小小丫頭亦要回到她的生活中去，朝夕相伴的時光，如那個揮手不捨的春天，遠去，遠去……婉清回到爸爸媽媽身邊後，陪在這個老人身邊的只有那座布滿光陰的老屋和那隻沉默的貓咪。

03

1998年夏天，婉清放暑假，跟隨媽媽去外婆家。那天中午，外婆做了許多好菜，都是幼年時，婉清在外婆家愛吃的。

下午要回家的時候，外婆說：「清清住幾天吧。」媽媽看向婉清。「院子裡的梨子快熟了，這些天還有些澀，住下來再等幾天就可以吃了。」外婆又說。婉清聽到梨子，開心地點點頭。

八歲的婉清，六十五歲的外婆，還有一隻貓咪，是那個夏天裡最純粹的記憶。

　　夏天的日光很長。天氣晴好的時候，六七點太陽才緩緩西下，餘暉落在老屋的薄瓦上，彷彿鍍上了一層金燦燦的光。外婆在夕陽下燒火做飯，林婉清一會兒跑到外婆的身邊，幫外婆添幾根柴火，一會兒跑到院子裡，抱著貓咪獨自玩耍。

　　兩個月的暑假，林婉清在外婆家住了一個多月。

　　媽媽回家後，日常瑣事讓她想不起來去接婉清回家，而婉清自小就沒心沒肺，亦不想念。

04

　　外婆是個優雅又美麗的老人，她懂一草一木的情分，珍惜土地與光陰。

　　外婆的家不大，但很詩意。堂屋通往褐色木質大門，鋪著一條青石磚小路，小路一側，是一個種著許多應季蔬菜和花兒的小園子，另一側種了兩棵梨樹，一棵結褐色皮梨子，一棵結綠色皮梨子，梨樹旁邊，是一個小小的籬火。

　　外婆摘了園子裡的黃瓜和番茄，用白糖涼拌番茄，黃瓜用清水洗了，可以直接咬著吃，林婉清跑跑跳跳到那個老式櫥櫃前，踮起腳尖，拿一根剛清洗過的黃瓜，「嘎巴嘎巴」地咬起來，黃瓜的淡淡清香，讓夏季的清晨變得清甜。

　　林婉清喜歡吃糖拌番茄，既可以是一道菜，還可以當小吃。九十年代，這就是難得的美味。

外婆種了許多月季，這種月月開花的植物，讓農家小院四季芬芳。月季顏色極多，奶白色、水紅色、紫紅色，還有橙黃色和檸檬黃。婉清最喜歡摘一小朵，用玻璃瓶子裝滿清水養著。小屋裡因為這朵月季，芬芳滿堂。

林婉清在外婆家「沉醉不知歸期」。一九九八年的夏，成了記憶裡珍惜的美好。

05

一朵花，結了花苞，盛開，最後凋零。人生，就是一朵花的紅塵歷經。

林婉清小學畢業了，中學畢業了，要上大學了。外婆越來越沉默，小院子裡的蔬菜和花木，再不見丰韻的模樣，變得荒涼、落寞。後來，外婆連從堂屋走到小院，都需要拐杖的輔助。母親把外婆接到家裡照顧，但外婆已不記得身邊的人和事，每天坐在家裡，像個空氣人，更加沉默和孤獨。

二〇〇八年，林婉清十八歲，考入省內一所藝術院校。外婆七十五歲，平靜安詳地離開了這個世界。

匆匆忙忙趕到家，林婉清看到躺在床上的外婆，面容祥和，彷彿睡著了那般。那一刻，她的眼淚無聲無息地落下來，溼了臉頰。人到心空的時候，是不會嚎啕大哭的，只會無聲，就連落淚都不驚天動地，好像一株草木，靜默、無言，但是慈悲、平和。

　　梔子花開，梔子花落，過去的終究只能是過去，但我相信，生活的每一步安排都是精彩的，走過的路是不會重來的記憶，未知的路是踏步向前追尋的美好。

　　外婆的墓地，在小村外的田地間。媽媽在四周種了柏樹，外婆一生與田園為伴，生生世世與田園為伴，她與外公合葬在一起，年年歲歲，永不分離，守著一方田地，自在耕耘，靜默歡喜。

06

時光，帶走了青春年少，但會留下擁有過的美好。

林婉清大學畢業，工作，旅行，發生了太多變化，唯一不變的是那個貧瘠又富足的年代。一九九八年的夏天，外婆說：「清清住幾天吧，院子裡的梨子快熟了，這些天還有些澀，住下來再等幾天就可以吃了。」

天上的月，清清涼涼，安靜無聲，星星眨巴著眼睛。一個孤獨的老人，一個天真的孩童，還有一隻貓咪、一縷花香、一座老屋、一寸時光。

永恆的愛，落在日常裡

夏已深，我坐在抬頭看得見花開的房間裡，寫下日常光陰裡的美妙。

那些年，曾追尋著遙不可及的繁華，如今，反倒更加偏愛素雅的生活。收拾舊物品，青綠色印著大金絲孔雀的裙落入視線，想來，應該是五年前的。曾經，怕辜負年華，於是熱烈地綻放過。我想，不是年歲的增長，而是內心的回歸吧，一粥一飯、一花一木、一日一歲，才是生活之真。

於是，少女時代如牡丹花似的熱情，早已化作茉莉的清雅。不再強求，不再為事情爭高下，只是在日常裡懂得憐取眼前的福報，認真準備晚餐，與食物對話，珍惜陪在身邊的人，不再任性。

01

晚歸，她說：「等你吃晚餐。」

那個陪了我許多年的姐姐，我總是羞於說愛，可是，我又是個情感豐富的女孩，對她充滿著深愛。許多時候，我認為生活只有雪月風花。柴米油鹽內心雖也愛著，卻只是以浪漫的方式愛著。可是，若沒有她對我柴米油鹽上的照顧和陪伴，又怎會有我如今的雪月風花呢？

懂得了四時有序，一棵草也有它的時令，我們在面對人生的諸多不堪時，就會包容許多。

這四年來，她像寵女兒那樣寵著我。古話說，長姐如母。我的姑蘇夢，有她陪著，才會豐盈。每晚的家常飯，是我最愛的美味：番茄炒蛋、清炒櫛瓜、豆乾炒芹菜……簡單的飯菜，情誼濃濃。

有人問我，面對生活為何總會懷著喜悅？那是因為，走過的這些旅途，我所遇見的都是愛和善。

記得幼年時，我很貪玩，放了學去鄰居家找同學玩，便會忘了晚飯的時間，每次媽媽做好了晚飯，都會站在小院子喊我的名字，溫柔的媽媽從未因為我的晚歸而發怒。就是這點點滴滴的愛，伴隨著我的成長。

人世間，表達愛的方式太多太多，但所有的美好詞語，都不抵這句樸實的「等你吃晚餐」。

02

　　他們相愛十年，結婚七年，與萬千平凡的夫妻一樣，為生活奔波，但他們卻把雞毛蒜皮的日常，過得像一首怡心的田園詩。

　　結婚的時候，反對的聲音很多。她的好友說，他長得不帥，你們在一起，簡直就是那句不好聽的俗話，癩蛤蟆想吃天鵝肉；她的父母說，他只是個小小的職員，跟著他，妳會吃苦的；她的親戚說，可別犯傻，我們部門某主管的兒子，和妳年齡相仿，我去給妳牽牽線呢。

　　這些她都不在乎，依然要嫁給他。她說，我喜歡和他共進晚餐。

　　在一起後，他每天晚上都變著花樣做晚餐，等她回到家裡，菜香飄滿房間。有一次，她與朋友在外吃飯，回家晚，又忘了告訴他，當她推開家門，熟悉的飯菜香飄來，他安安靜靜地坐在沙發上看書。看到她回來，他起身，說：「回來了呀，我去把飯菜再熱熱，等妳吃呢。」「你吃了嗎？」她問。「沒呢，等妳一起。」他緩緩地說。

　　他竟然一直等著她，等著她吃晚餐。她沒有把在外和好友吃過晚餐的事情告訴他，而是陪著他，吃完了那頓晚餐，因為她不想辜負一個男人最樸素的愛。這麼多年過去，她始終沒有忘記那天的晚餐。

結婚的那天，他問她：「妳愛我什麼？」她輕輕地說：「準備好聽了嗎？」他點點頭。「我愛你，陪我吃晚餐時候的模樣。」

婚姻會消磨掉兩個相愛之人的熱情，然而，對於他們來說，婚姻卻是人間煙火，是尋常的浪漫。過了婚姻裡的七年之癢，她亦做了媽媽，從她的臉上，看不到人到中年的油膩，她的舉手投足間，都透露著女孩的乾淨和舒適。

她說，因為愛。

情話有千千萬萬種，我愛你，是最直接的愛的表白，但它卻如絢爛的煙花，雖然美麗，卻易消散，那瞬間的美只能留在瞬間，天空依舊寂寞，黑夜依舊安靜。深情的情話，是無聲的，是在一朝一夕的日子裡，給予彼此的陪伴，這陪伴，就是等著你吃晚餐。

愛情若不落在穿衣、吃飯、睡覺這些實實在在的生活中去，是不會長久的。等你吃飯，不就是最浪漫的日常嗎？無論夜多深，無論燈火多燦爛，唯有那一盞，是溫暖；唯有那個人，是思念。

03

越是永恆的愛，越落在日常裡。

我對你最深的愛，是在餘生光陰中，等你、陪你吃晚餐。

人生之美，是有著這些風閒歲月。所謂風閒，不是不問世事，而是在浮華的世事裡，隨時有一顆出離心，去認真地體會一寸光陰裡的好。

轟轟烈烈固然熱鬧，但人需要一隅清靜之地，與愛的人相守相伴，這是快樂。人生那麼長，當下的分分秒秒才是值得珍藏的美好，眼前人才是此時此刻的愛之所及。

向前走，與美好不期而遇

喜歡回憶細碎的光陰。三月的櫻花紛紛揚揚，五月的薔薇為浪漫的夏日寫序。而今，我流連在微涼的晚風中，有輕淺的喜悅在心中浮動。

關於我生活的小城，我總有數不清的感動，想要說給你聽。

古老街巷上臨河的那株合歡，在初夏靜悄悄地開了。驀然回首，鄰水人家門前的葡萄藤架上，一朵朵凌霄映著白牆黛瓦，為路人留下芬芳。淅淅瀝瀝的小雨，總在你沒有防備的時候突然而至。植物被沖刷得潔淨清澈，走在街上，深淺不一的綠映入眼簾，纖塵不染。顏色各異的花在雨中亭亭玉立，楚楚動人。

望著小扇子似的合歡和燦爛的凌霄，心靈也被這偶遇的花開震撼。

想到「不期而遇」這四個字。多美啊，一個人遇見另一個人，就這麼冒冒失失地闖入了彼此的生活，再難忘記。這樣的不經意，又恰好像極了這江南的梅雨，讓人歡欣，偶爾又讓人措手不及。

那是姑蘇的梅雨季節，她卻忘了隨身帶一把油紙傘。原本晴朗的天突然下起雨來，她不是戴望舒筆下的丁香姑娘，沒能在悠長寂寥的雨巷遇上撐著傘的浪漫詩人，只得一個人慌忙地

找地方避雨。

真狼狽！她這樣想著，遠遠看見小巷深處的人家，快步走過小橋，狂奔向人家屋簷下，卻已經躲不過雨的親吻。衣襟上落滿雨水，溼漉漉的長髮搭在臉上、背上。如果要為相遇寫一個劇本，她一定會以花開而非大雨為背景，可是，遇見本身，沒有劇本可言。她抬頭，撞見一雙乾淨的眼眸。

他衝她憨憨地笑，那笑容有著梅雨般的清涼。「往裡站吧，雨大著呢。」他說。他的頭髮，亦被雨水打溼，在眉目之上垂著。

如果不是這場雨，他的髮型應該很漂亮吧。她這樣想著。

她小小的身子往裡挪了挪。又聊了些什麼？她記不大清楚，只記得，那戶人家院子裡的芭蕉高出了白牆，在雨中顯得更加清澈；只記得，雨水落進對岸的小河，蕩起圈圈漣漪；只記得，莫名加快的心跳；只記得，他低沉的聲音和琉璃般明澈的眼睛。

這場雨太過孩子氣，頑皮起來，顧不上時間，怎麼也不肯停歇。過了許久，雨才逐漸轉小。天邊掛著七彩的虹，芭蕉葉子上，還留著剛才梅雨的氣息。他的笑容，和陽光一樣溫暖明媚。

「彩虹，真美。」他說。

如果此刻的場景是一幅畫，一定是初夏最美的畫卷。剛才煙雨濛濛的江南，此刻明朗了許多。他和她，一起抬頭望著黛

瓦映襯的天空。

「妳喜歡姑蘇？」他問。

他說的是姑蘇，不是蘇州，彷彿是從古時的煙雨中尋來的。

「嗯。」她回答。

關於姑蘇，他們聊了很多。所謂相見恨晚，大概就是這樣。後來，他總會在生活的細微處製造浪漫。他邀請她去湖邊，共賞月升日落；他把《詩經》中的情話，用瘦金體寫在落了花瓣的宣紙上送給她；他還會收集梅樹上的雪花，為她煮一壺茶。

愛，不需要時刻掛在嘴邊；情，不需要苦苦追尋。生命的奇蹟，總會超出我們的想像，而我們要做的只是安心地接受、享用。梅雨年年如期而至，他們的故事，不波瀾壯闊，卻深入人心。由一場略顯狼狽的邂逅開始，卻被一個眼神撥動了心絃，此後，朝朝暮暮，花開並蒂。

人生如行旅。在這場旅途中，只管向前走吧，總有美好在等著你。我從來不喜歡刻意，總是相信遇見的和失去的一切都是剛剛好的安排，是不期而遇的驚喜，是命中注定。

夏天，與鮮活的綠不期而遇，風路過，綠就成了風的玩伴，與風同擺。東園，綠蔭掩映著夏天特有的詩意。走在坡上，彷彿走在森林中。隱約聽見笛聲幽幽，循聲而去，看見一

位老人坐在樹蔭裡，神情祥和地吹著他的笛子。四周是安靜的，只有夏天的綠，與他同在。

坡下是茶室，許多老人會來這裡喝茶。老友，清茶，遠處是長高的荷花莖，護城河就在身邊流淌。水流了千年，無數茶客來來往往。什麼是永恆？也許只有自然才知道答案。

如果有緣，便來姑蘇看看吧。數不清的美好和感動，都等著與你不期而遇。

深到一小朵花裡的愛

01

四月末，蘇州的空氣中散發著淡淡的香氣，你走一步，那香就跟一步，你再走一步，它再跟一步。總之，你走到哪兒，它就跟到哪兒，像個黏人的戀人，總是追著你問：「我美嗎？我香嗎？」

香，香得沁人心脾，香得讓人魂牽夢縈，香得這夜色都流露出愛情的氣息。

從蘇州北站坐地鐵到蘇州火車站，再坐公車回家。公車的窗半開著，四月的風，有夏天的清涼，亦有春天的柔情，吹得人微醺。車子經過齊門橋的時候，陣陣清香從窗外鑽進來，鑽到我的呼吸裡，鑽到我對江南的依戀裡，鑽到我的筆下。

望向車窗外，古老的橋佇立著，燈火映著護城河水，繁華又安靜。車子繼續往前開，那香變得更加濃烈。我把窗子開大了些，貪婪地呼吸混合著香氣的夜風。

蘇州博物館、拙政園、獅子林……這些熟悉的名字跳入我的聽覺神經，吳儂軟語，軟綿綿的，十分好聽。道路兩旁林立的商鋪，訴說著這座城市的塵世氣息。如果往白塔東路拐的話，就是我愛的平江路。這樣想著，心裡不由得喜悅起來。

這是什麼香呢？茉莉、梔子，還是白蘭？

或許都有吧。四月末開始，這三種花都逐漸開放，把沁人心脾的香，灑得滿城都是。

我對白色素來鍾情，對白色的花更是情深。何況，這白色的小花還帶著與生俱來的清香呢。

蘇州，我對妳的愛，竟深到這一小朵花裡。

02

每當與朋友說起我生活的這座城，我都想起撐著小船、戴著藍印花頭巾的船娘，甜美地唱著「好一朵美麗的茉莉花」。後來我去耦園彈琴，每次都會彈幾遍這首曲子。

平江路上，斜背著竹籃的老奶奶嫻熟地串著一朵朵美麗的小花。

「買一串吧，可香呢！」她堆著笑對妳說。歲月的痕跡在她的臉上鋪開，但妳卻只覺得動人，這是時間留下的美麗印記。每個人都會老去，如果老了還能與這清雅的茉莉花相伴，也是一種幸福。

「多少錢一串，阿婆？」妳也堆著笑，輕輕地問。但妳的笑，那樣青春明媚，這是成長過程中的美好。妳淺淺的酒窩，如阿婆手中的茉莉花，清清白白、乾乾淨淨。

「五十塊錢三串。來，小姐，給妳戴上，香著呢。」阿婆

說著，把那串剛串好的茉莉花手鐲，戴上了妳的手腕。

皓腕凝霜雪。妳的腦海中突然蹦出這句詩。此刻，妳腕上的茉莉花，可不就像霜雪那樣嗎？

「謝謝您，阿婆。」付了錢，道了謝。此刻，妳戴著的不僅僅是茉莉手鐲，還是姑蘇城初夏的芬芳。

有時，賣茉莉手鐲的阿婆還會串兩朵白蘭，掛在衣襟上，滿身的香。無論走到哪兒都帶著白蘭香，心也跟著香了起來。

我曾在地鐵口買過阿婆的白蘭花，她用細小的鐵絲串好遞給我。一樣五十塊錢三串，我掛在衣襟上去上課，笑容始終是舒心的。

「梔子花，白花瓣，落在我藍色百褶裙上……」多年後再聽這首歌的時候，我們真的成了後來的我們。梔子花香依舊，心中有些思念，有些淡淡的惆悵。潔白的梔子花，是青春，是浪漫，是最好的我們，是錯過的擦肩。

我不追星，但我喜歡奶茶這樣的姑娘。她笑起來很溫柔，就像一朵潔白的梔子花，散發著清幽的香氣。她很美，美得又那樣恰好，不奪目，不刺眼，溫暖又明亮。

梔子花開，梔子花落，過去的，終究只能是過去，但我相信，生活的每一步安排都是精彩的，至少在相遇時彼此都歡喜過。走過的路是不會重來的記憶，未知的路是踏步向前追尋的美好，人生際遇，很奇妙。

03

到了家門口那一站，我跳下公車，恰好路過花店。買束花吧。心裡這樣想著，腳步也不由自主地邁過去。

「有茉莉花嗎？」我問。

「有，在這裡呢。」花店主人迎上來，笑著回答。他是個年輕的小夥子，個子高高的，說話的時候十分開朗。

我走到他指著的茉莉花旁，看看這盆，瞧瞧那盆。他家的茉莉都結了花苞，還未全開，最後我選了一盆花苞多的，遞給他。

「多少錢呢？」我問。

「一百塊錢一盆。」他依然爽朗地回答。

「我要這盆，幫我裝起來吧，謝謝哦。」

「好嘞，你拿好。」他幫我把茉莉花裝在袋子裡，遞給我。

花香，離我更近了，再過幾日，我的小屋裡也會有淡淡的茉莉花香吧。或許，某天我推開家門，迎接我的就是這幽幽的香。這樣想著，嘴角不自覺地彎成一個美麗的弧度。

今夜，我做了一件浪漫的事，就是為家添了一縷茉莉香。捧著這一小盆茉莉，我走在和風微甜的夜裡，夜燈把香樟樹葉的影子打在我的裙襬上。風吹過，樹影動，裙襬也動，尋常生活裡的歡喜，莫過如此。

曾經，我對江南水鄉的愛，是藏在古詩詞裡的。

「春來江水綠如藍，能不憶江南？」

「正是江南好風景，落花時節又逢君。」

「春水碧於天，畫船聽雨眠。」

「織成雲外雁行斜，染作江南春水淺。」

……

如今，我江南水鄉的愛，是落在實實在在的日常裡的。人家院牆裡傳來忽遠忽近的琴簫聲，清晨的小河散發出的幽幽水香，老屋門前的一把舊鎖，巷子深處一段久違的故事，生了青苔的石板小路，甚至僅僅是忽而飄來的陣陣花香。細碎時光，日日歡喜。

我耽於這樣的日常，甘願做它的信徒，交付韶華沉醉其中。一座城的氣息，只有深入到這座城生活，才能感受得真切。

在日記本裡寫著小小心願，在蘇州養一個女兒，教她琴，教她書，教她詩、畫、花、茶，陪著她慢慢長大，讓水鄉的溫柔，養育小小的她。未來的某天，她長大了，讀書了，離開故鄉了，站在臺上做自我介紹時，如流水般清脆的聲音響起：「我叫某某，來自蘇州。」

蘇州，這兩個字吐出來，真是美極了。她會說：「我的家鄉，有橋，有水，有臨水的老屋，有亭臺樓榭，還有茉莉花。」而後，她輕輕地唱起，「好一朵美麗的茉莉花，又香又白人人誇……」

第三章
路上好時光

清邁·故鄉一樣的遠方

　　車窗外陽光極好，我開啟張曉風的散文集《初心》，開始這場愛與溫暖的旅行。這是我極度迷戀的旅行開場白，書、風景、遠方，偶爾會有陽光落到開啟的書頁上，明晃晃的，猶如打馬而過的光陰，落在心中，淺淺的漣漪過後，仍舊波瀾不驚。

　　開往上海機場的大巴士有些顛簸，看了一會兒書，眼睛就開始澀澀的。前些天蘇州很冷，重感冒始終沒有好，我只好合上書，開啟手機聽幾首日語歌。熊木杏裡的歌聲在耳畔響起，她乾淨的音色，猶如少女時代的夢。

　　輕輕靠在車窗上，風景一點點倒退。時而是江南民居，時而是高樓大廈。人在旅途中，很容易產生寫作的靈感。比如，一束陽光恰好落在妳的髮梢，偶然跳入視線的一叢野花，甚至，僅僅是途中那無聲的光陰，都會碰撞出詩行。

　　很多時候，我站在陌生的城市，會忘了自己身在何方，有些景色似曾相識，有些時候又陌生無依，但無論哪種感情我都珍惜，因為，這就是旅行的奇妙之處。一路上有喜悅，也有孤獨；有相遇，也有告別，但歸根結柢，旅行給予我更多的是心的遼闊。

01

泰國時間晚上十點半，飛機降落在清邁機場。幾個小時的飛行，手中的書看了四分之三，有輕微的耳鳴感，眼皮上下打架。走出機場，黑色籠罩著天空，霓虹裝扮著大地，在夜色裡等待接機人，在心中默默說了一句：「你好，清邁。」

晚上住在山甘烹的一個鄉間民宿。從機場到民宿，窗外是無盡的黑和星星點點的光亮，恍惚間，我以為這是在故鄉，安寧而靜謐。

在這樣的黑夜裡行駛了許久，車子拐進一條小巷，停在民宿門口。下了車，映入眼前的是木質的房子，開花的樹、古樸簡潔的裝飾。昏黃的燈光把夜色渲染得迷離又浪漫，大概是在鄉間的緣故，星星似乎也明亮了許多，青蛙「呱呱」、蟲兒「唧唧」地叫著，讓人感到心安。

在路上越久，越會模糊故鄉和遠方。在異國找到兒時的記憶，彷彿踏上故土，而有時又感到陌生。人從出生起，便如風中的紙鳶，故鄉握著紙鳶的線，只要有風，紙鳶就會飛遠。但無論紙鳶飛得多遠，線一扯，它就會跌落到出發的地方，留萬千思念隨風飄散。

在清邁的鄉間，我似乎望見紙鳶那頭，輕輕拉扯出美麗的弧線。深藏的往事被開啟，這樣的初相見，一定會譜寫出美麗的詩篇。

02

在鄉村的清晨，伴著第一聲雞鳴醒來。

許久沒聽到這熟悉的聲音，好像是從幼年的往事裡傳來的。記憶拉開帷幕，光陰似乎還未走遠。

同樣的鄉村清晨，窗外露出魚肚白，透過木窗可以望見種在院子中的一棵棗樹。聽媽媽說，那棗樹是我出生那年爸爸種下的。那時沒有專門的雞窩，雞也自由自在，白天在村莊裡到處轉悠，晚上次來就臥在棗樹上休息。

清晨的陽光，雞是最先感知到的，還在做夢的我常常被它們吵醒。我曾怨過它們，驚擾了我的美夢。一晃十幾年，我離開了小村，清晨都是被鬧鈴聲叫醒，倒是開始懷念起那單純乾淨的舊時光，懷念起那一聲聲的雞鳴。

我起身，拉開白色的窗簾，讓陽光落在木屋的地板上。赤腳站在窗前，望著窗外的繁盛草木，想著曾經的那個小女孩。那時，她也是這樣深情地望著窗外，不知道天有多高，夢有多遠，總想著窗外的世界，一定有七彩的虹和浪漫的遇見。

這是來到清邁的第一天，所有的美好，正慢慢拉開序幕。

清邁的清晨，時常會有虔誠的居民在路邊給僧侶布施。每一種信仰，都有它的堅持和值得我們敬畏的地方。後來聽說，這裡的僧侶一天只吃一頓飯，而他們的齋飯都是民眾布施的。

人生一世，皆為修行，只是，有的人修行在佛前，有的人修行在生活。

我看到僧侶赤著雙腳走來，安靜平和，在胸前用雙手托著缽。他們的眉目間流露著慈悲，我望著他們，心中有剎那的觸動。就像人與草木的情感，很多時候，一剎那，就是永恆的記憶。

我把食物一點點放在他們的缽裡，同時也把我的祝福放在了他們的缽裡。其實，我一直很不解，他們為什麼會赤腳走過來。儘管清邁的冬季並不冷，但這樣走來，一路會遇見溝渠，會遇見石子，會遇見難走的路吧？後來，對這個問題我依舊沒有答案，但我想，人生，不也是這樣一路走來的嗎？無論你有沒有鞋子，都要經歷溝渠、石子和艱難的路。

布施結束後，我們靜坐著，聽僧侶們誦經祈福。他們以他們的方式，傳遞人與人之間的善良，把祝福送給我們。布施，對僧侶來說，是信仰，對民眾來說，是祝福的寄託。那對待生活的虔誠和敬仰，大抵就從這美好的清晨開始吧，一日日，一年年，延續下去。

03

我喜歡花草，喜歡山清水秀的村莊。吃過早飯，我們開車向山中行駛。盤山公路兩旁，是蔥蔥鬱鬱的花草林木。我一直

望著車窗外，生怕錯過沿途的風景。一會兒偶遇一株叫不上名字的花樹，一會兒偶遇一片綠林，一會兒又偶遇一座山中小院，這些風景，都讓我心生歡喜。

走了一個多小時，我們的車子停在一座小山村。這裡盛產咖啡，居民不多，家家有花。

清晨的霧還未散去，村莊裡都是溼漉漉的氣息。偶爾會看到幾個村民，從遠處的山路上走來，說著我聽不懂的語言，笑容親切。

村長是個很熱情的男人。據說，他年輕時是吉他手，還開過飛機。關於開飛機這件事我並不清楚，但晚上時，我真的聽到他邊彈吉他邊唱泰文歌，歌聲十分動聽。

他給我們講村莊的歷史，帶著我們參觀村莊。走到村頭的時候，遇見一戶外國人，聞到滿屋咖啡香。母親專注地挑挑選著咖啡豆裡的雜質，父親向我們介紹著咖啡豆的製作過程。採摘、晾晒、脫殼、烘焙、加工。每道程式，都需要有匠人之心，有了天時、地利、人和，才能做出醇香的咖啡。

這一家人現場為我們磨咖啡豆，香氣瀰漫在空氣中，濃烈馥郁，讓人迷戀。我還是第一次喝到這樣的咖啡，入口微微苦澀，苦澀後是回味無窮的香。

告別那一家人，我們回到村長家吃午飯。我再次被村莊裡植物的美震撼。那是一座古舊的小院，院牆是用籬笆扎的，門

前種著炮仗花。說是門，其實只是用籬笆紮成的敞開的拱形。炮仗花開得迷人，那一簇簇的花兒，實在太多了，落了一地。我站在炮仗花下，多麼希望自己就生活在這樣的小院子裡，遠處是山，近處是花，屋外詩意，屋內溫暖。

瞬間的靈感讓我寫下了這樣的一段文字：

被這一院的花驚豔，
我對山清水秀的村莊小鎮素來有深情。
一院花開，朝朝暮暮，還有什麼能比得上這樣的幸福呢？
其實，幸福說到底只是靈魂的寄託，
有人把靈魂交付給海市蜃樓，有人把靈魂交付給青山綠水；
有人把靈魂交付給名利富貴，有人把靈魂交付給愛和自由。
但我知道，無論交付哪般，只要內心無悔就是最好的選擇。

村長夫人做了當地特色的面給我們吃。吃過午飯，我們去徒步。面對鬱鬱蔥蔥的密林和陡峭的山崖，我不免在心裡打了個寒戰。擔心遇見蛇蟲，擔心某一步踩空摔倒，但有些事情，你不做，就永遠不知道自己有多少能量。

我開始欣賞沿途的風景，踏入山林前的恐懼早已不復存在。落日下的叢林，偶然遇見的花草，咬開絲絲甜甜的紅果。越過山巒，看見瀑布飛流直下，清涼的水氣撲面而來，所有的美好，都在那一刻不期而遇。

晚上的山谷派對，我聽到了村長的歌聲，當年彈著吉他唱著歌的少年，在這個夜晚，似乎又回來了。泰國歌曲一首首地

聽，吉他、手鼓敲起來，就連水塘裡的青蛙都跟著我們打節拍，「呱呱」「呱呱」，這是專屬於鄉間的民謠。

夜深，涼意襲來，我們互道再見。

山間的月色彷彿也在說著：「晚安。」

04

清晨推開窗，有風掠過門前的櫻花樹，吹落一地花瓣。不由得想起「落英繽紛」這個詞，望著地上的落花和風中的花瓣，心也跟著疏朗起來。

我對山林村莊的情結，在這樣的清晨開啟。曾有讀者對我說：「小隱，妳讓我明白了何為歲月靜好。」我回她淺淺的微笑。許是性情使然，素來對熱烈、鬧騰的東西很拒絕，對青山綠水卻非常鍾情。我夢想過詩意棲居的模樣，安靜、平和、慈悲、素心，與泥土自然為伴，有花兒可種，有人可愛，日出而作，日落而息。

此刻遠山濛濛，推窗便能聞到花香，正是我理想的生活狀態。

太陽慢慢地穿過雲層，陽光落在山林間。我喜歡這樣悠然的生活，望著藍天白雲、遠山綠樹，我坐在吊椅上，內心有許多感動。人生本來匆忙，我們努力地向前，不知疲倦，亦不過是為守候這一片晴空、一抹閒暇。

其實，快樂就好。

快樂的方式有很多種，這樣的靜好，恰好就是適合我的方式。

05

下午離開小村，我們來到傳說中的大樹咖啡店。據說，這是來清邁必去的地方。開始我對此不以為意，到了之後卻被深深震撼。

這棵樹很古老，我猜想有幾千年了。枝條伸向遠方，粗壯的樹根穩穩地屹立在山坳中。就在這棵樹上，竟然開了家咖啡店。遠方的山，腳下的崖，風掠過髮絲，一杯咖啡、一份甜點，時光便慢下來，可以花一整天寫一首詩。

這樣一棵大樹，從山坳中發芽，到長成如今的模樣，一定經歷過許多風風雨雨。然而，它始終屹立著，任歲月風蝕卻更加堅忍。我們的一生亦如大樹，會有陽光和雨露，還會有風霜和雨雪。這些都是生活給予我們的養料，能幫助我們成長。

晚上到山甘烹民宿，夜幕像無名的流浪詩，我們都是詩裡的詞句。

那天，我們趕上了清邁一週一次的夜市，幾行人一拍即合，相約去逛逛。車子在黑夜裡行駛，夜風很涼，彷彿有故鄉的感覺。

　　城市的夜市，是最有塵世氣息的地方。手工藝紀念品，賣唱的街頭藝人，雜技表演⋯⋯這俗世的熱鬧，把生活的活色生香演繹得淋漓盡致。

　　我在小攤兒上挑選到幾個手工佩飾，準備送給國內的朋友。為自己選了一個手工魚掛飾，是第一眼就愛上的小魚，精緻又樸素。對於我而言，這條小魚飽含著手藝人的情懷，以及這座城市留給我的紀念。

　　夜漸深，熱鬧歸於寂靜，人也散去。我們坐在回程的車上，路燈星星點點，與這座城市道一聲「晚安」，在心中與它約定好下一次的碰面。

　　很多時候，我站在陌生的城市，會忘了自己身在何方，有些景色似曾相識，有些時候又陌生無依，但無論哪種感情我都珍惜，因為，這就是旅行的奇妙之處。一路上有喜悅，也有孤獨；有相遇，也有告別，但歸根結柢，旅行給予我更多的是心的遼闊。

揚州·夢裡江南

　　她唱著：「雨綿綿情依依，多少故事在心裡，煙雨濛濛唱揚州，百年巧合話驚奇。」

　　她唱著：「煙花三月是折不斷的柳，夢裡江南是喝不完的酒，等到那孤帆遠影碧空盡，才知道思念總比那西湖瘦。」

　　四月，我是聽著她的歌聲，遇見揚州、遇見另一個江南的。

　　對揚州的初印象，是少女時代看的一部愛情劇，叫《上錯花轎嫁對郎》。故事的發生地就在揚州。當年，對於生活在中原大地的我，看到煙雨濛濛，看到亭臺樓榭，看到碧波如煙，心中總是期待，想要去看一看這美麗的風景。

　　其實，這些年在蘇州，這裡亦是名副其實的江南水鄉，那些揚州有的，在蘇州也都尋得到。可到底對揚州有情結，唸叨了許久，還是踏上了旅途。

　　從蘇州坐巴士到達揚州兩個多小時，沿途有農田、有屋舍、有水溪，還有鴨、鵝。車窗外，風景一點點地倒退，四月的江南，褪去三月的萬花芬芳，換上初夏的明媚。在揚州西站下了車，出站，馬路兩邊的綠化林木，蔥蔥鬱鬱，讓人的心情也跟著明快起來。

　　果然不負期待，一入揚州城，就被一城的綠震撼著。一座像森林的城——這是我對揚州的第一印象。

瘦西湖，思念總比西湖瘦

到了揚州，瘦西湖總是要去的。瘦西湖原叫保障湖，其實，我覺得瘦西湖好聽。就這一個「瘦」字，便有道不盡的風情。何況，西湖，總比保障湖好聽吧，再加上「瘦」字，要多江南就有多江南，要多詩意就有多詩意。總之，就是這個「瘦」字，讓這片湖水有了風骨，有了靈魂。

這名字源於清乾隆年間錢塘詩人的一首詩。當年，錢塘詩人汪沆慕名而來揚州，看過揚州美景之後，就秀口一吐，賦詩一首：「垂楊不斷接殘蕪，雁齒虹橋儼畫圖。也是銷金一鍋子，故應喚作瘦西湖。」整首詩我讀完，最後那句瘦西湖是真的妙。詩人把揚州的「保障湖」與自己家鄉的「西湖」作比較，可見這湖的風景有多美。

瘦西湖景區的景點很多，如果來揚州，瘦西湖至少要遊玩三到五個小時，否則是很難全部看完的。這麼多的景點中，著名的有二十四橋、長堤春柳、萬花園、盆景園等。

走進景區，先是被一條瘦瘦小小的湖水打動。湖水真綠呀，夾岸的迎春花，只剩下寥寥數朵，但它那垂下的枝條，映在水中，那樣婀娜，楊柳依依，午後的風輕輕吹著，好一派江南風景。

有小船緩緩駛來，在湖中悠然自得。走過小橋，一株盛開得極好的紫藤花，清淡素雅。也許是因為水吧，那紫藤顏色特

別鮮亮，有紫藤的花垂落到湖邊的石上，每走一步，都是一處風景。

一鎮，一院，一盞茶，一抹時光，這樣的好，是靜，亦是寂。與生活握手言和的人，從來都不怕寂寞，因為他們懂得，繁華終歸會散去，清淨才是長情。

因為水，花更明媚；因為花，水更清澈。還因為四月的綠，讓一切都顯得那般恰到好處。微風路過的每一處，都有溫柔停留。

　　瓊花是揚州市花，韓琦有詩「維揚一株花，四海無同類」來讚美瓊花，在瘦西湖風景區內瓊花非常多。四月中旬，瓊花都開好了呀。那片片雪白、瓣瓣聖潔的花兒，置身花下，宛若撞見一場浪漫純淨的愛情。

　　說起瓊花與揚州，就不得不提隋煬帝楊廣。據說隋煬帝三下揚州，就為了看瓊花。但瓊花有著潔身自好、不屈權貴的品質，這隋煬帝就三次都失望而歸。關於隋煬帝到揚州，是否真為瓊花而去，並無正史記載，不過《隋唐演義》中有「看瓊花樂盡隋終，殉死節香銷烈見」的描述。

　　我喜歡瓊花，是因它清白無瑕的花色，樸素自然的花形。稍不留神，就被這小小的花朵吸引，一側湖水，瓊花伴著湖水開；一側綠植，瓊花也對著綠植開。人走在小道上，與花同在，淡淡的植物香在空氣中流動著，慢慢地送往每個旅人的鼻尖，深深吸一口，心也跟著生長出清幽的香。

二十四橋明月夜，玉人何處教吹簫

　　青山隱隱水迢迢，秋盡江南草未凋。二十四橋明月夜，玉人何處教吹簫。

　　這是唐代詩人杜牧的詩，名叫〈寄揚州韓綽判官〉。這首詩的意境真美，我突然想起蘇州的楓橋。大多數人知道楓橋和寒山寺，是因為張繼的〈楓橋夜泊〉，那「姑蘇城外寒山寺，夜半鐘聲到客船」傳唱至今，很入人心。我知道二十四橋，則是因為「二十四橋明月夜，玉人何處教吹簫」。所以，詩，是很美的存在。古詩，更是美到驚人。

　　關於二十四橋，有很美的故事。起初讀杜牧的這首詩，我以為是二十四座橋相連，但《揚州畫舫錄》中說二十四橋即「吳家磚橋，一名紅藥橋」。在《揚州鼓吹詞》中又有「是橋因古之二十四美人吹簫於此，故名」。其實，這樣來講的話，倒是與杜牧的詩比較吻合。

　　今日，在瘦西湖，五亭橋西邊的景區，是為廣大外地遊客所熟知的二十四橋。景區內主建築熙春臺東面有杜牧的詩碑，刻著〈寄揚州韓綽判官〉。這又讓我想起楓橋景區，亦有〈楓橋夜泊〉在。現代人總愛把古人對這個地方的讚譽拿出來，不過，我覺得這樣蠻好，至少，我們還未忘記詩的美。

萬花會，以花為媒

揚州萬花會在每年的四月八日到五月八日舉行，瘦西湖景區內，我們很巧地遇上了這場以花為媒的約會。自宋代起，揚州就有「萬花會」的活動。大好春光，再慵懶的人，都該走出去，與花花草草們戀愛，與自然風景相遇。

各式各樣的鬱金香，爭相開放，還有專門布置的盆栽花卉。走過那一條「花道」，淡淡清香混雜在風中，精巧的布局設計，錯落有致的景觀，真是步步生香。

盆景小世界

揚派盆景是中國盆景藝術五大流派之一，站在揚派盆景博物館門口，就能感受到它如詩如畫的江南美。走進去，先是室內展館，枯木、花卉組合在一起的藝術美，簡直太震撼人的眼睛。揚派盆景最顯著的特點是融「詩、書、畫、技」為一體，宛若一幅清雅的中國畫，有著「清秀、古雅、飄逸、寫意」的風格和「一寸三彎」的剪扎技藝。

每一盆盆景，都蘊含著中國古典生活美，簡單、秀雅。

室外展示館，更像是個盆景園林。小小的盆景在白牆的映襯下，很古意。還有江南風情的窗，每走一步都好像步入畫境中。盆景園內，有拿著水管澆花的園藝人，他穿著靛藍色的衣，水管在他的手中彷彿一根魔法棒，一會兒工夫，一盆盆盆

景上就水珠漣漣。正是午後，陽光溫柔而浪漫，水珠掛在老枝上，在陽光下泛著七彩光。

　　做個園藝人，真好。日日與草木為伴，那些被他呵護過的草木，雖無聲，卻情深。園藝人安靜、沉默，有許多話，說給植物去聽吧。這樣的感覺，有綿長、恆遠的浪漫。

　　我用相機為園藝人拍下了幾張工作的畫面，回來翻看的時候，心裡隱隱的感動，為這樣的靜好人生。

杉樹，美人樹

　　我很喜歡杉樹，高大筆直，形狀也極好看。記得去年在紹興的雲杉驛，院內就植有許多杉樹，漆黑的夜晚，明月掛在樹梢，杉樹靜默無言，心安的感覺在心頭油然而生。

　　從瘦西湖北門出來，對面是觀音山，中間的路兩旁竟種滿了杉樹。

北門往東關街去的路上，車子好像行駛在森林中，又如田園水彩畫般浪漫。一座大量種植杉樹的小城，我喜歡。杉樹從樹根到樹梢，呈現傘狀，而且又瘦長，如美人。這個季節的杉樹，葉子又嫩又綠，抬眼之處皆是充滿希望的顏色，即使你有再多煩惱，都會被這一路的綠清洗，心會跟著杉樹，一路清寧。

這一刻，我竟無法用語言表達想要告訴你的美，如果有機會，就來揚州吧，看看這一路的杉樹，是怎樣的靜好。植物雖沉默，卻有著強大的精神。要不然，那杉樹如何挺立路旁，直插雲霄！所以，人類得向植物學習。

我知道，你的生活一定會有困惑，畢竟，這不是夢裡桃源。你有複雜的人情世故，等著；你有老闆急著要的報表，等著；你有孩子的奶粉錢，等著；你有家人的一日三餐，等著；你還有年邁的父母，等著。可你在等什麼呢？你也有你的夢等著你！

把生活交給生活，你只管去愛它就行。像一株杉樹那樣，努力向上生長吧。

　　人的一生，都在不斷行走、不斷尋找，從故鄉到江南，鄉情成為珍藏的美好，遠方又成為追逐的故鄉。

正儀‧雲水禪心的小鎮時光

01

「走，帶妳去正儀古鎮。」她說。

「正儀古鎮？」我迷惑。

在蘇州這麼久，大大小小的古鎮走過不少，無論是家喻戶曉的周莊、同里，還是欠些名氣的甪直、錦溪，我都已訪遍。正儀古鎮在哪裡？

正儀古鎮，位於崑山市玉山鎮西側，北衛陽澄湖、傀儡湖，與巴城鎮、城北鄉接壤，已有六十多年的歷史。在江南這片水域，古鎮古村星羅棋布，那些已有名氣的古鎮，搖身一變成了旅遊勝地。然而，還有許多被人們遺忘的古鎮，像遲暮的老者，守望著歲月的更替，寵辱不驚。

正儀古鎮就是這千千萬萬古鎮中的一座。

她是我在某次讀書會上認識的姑娘，長髮及腰，眉清目秀。同頻的人，總會相遇，相遇之後亦會珍惜。往後的歲月裡，她常常與我分享老電影和好聽的民謠。後來，她說：「妳筆下的江南有靈氣，有機會寫寫那些散落的小鎮吧。」我說：「好。」

就是這樣的機緣，她帶我走進正儀古鎮，走近一位優雅、樸素的茶人，走入雲水禪心的小鎮時光。

　　上塘街是古街區，一走進去就有濃濃的古意迎來。流水人家，白牆黛瓦，沿街的老商鋪訴說著正儀的歷史。那是四月，蘇州已算初夏，早春風的溫柔與初夏風的清涼夾雜著襲來，吹動河岸的香樟樹葉，水清，葉綠，彷彿浮動著的綠波，讓人內心生出安靜的感覺。

　　熟知我的朋友都知道，我的古鎮情結非常深。因此，來到蘇州之後，我探訪過大大小小的古鎮、古村。那些古鎮，有的繁華，有的熱鬧，唯獨正儀，我想用「歸隱」二字來形容。

　　朋友向我介紹，這裡曾經極負盛名。崑曲是蘇州的文化名片，而正儀古鎮正是崑曲的發源地之一。此外，這裡還是並蒂蓮的故鄉。我一邊聽著，一邊欣賞著沿途風景。穿越歷史的煙塵，當繁華退去，小鎮呈現出的是歲月靜好的模樣。

　　午後的陽光，溫和、明媚，瓦藍的天空中臥著朵朵白雲。我們站在古橋上眺望遠方，濃郁的香樟樹葉遮擋住視線，目光落在一座座臨水而建的老房子上。房子真的有些

年頭，長了青苔，落了塵埃，有人家的木花窗開著，窗下河水緩緩流動，落在水中的樹影和雲朵跟著流動，彷彿一幅清新自然又帶著古意的水彩畫。

過了橋，走在青石板上，足音輕輕，時光漫漫。在這個大多數古鎮被過度商業開發的時代，正儀古鎮就是靜心的隱士，不追趕旅遊的潮流，民風純樸，始終保持著江南小鎮該有的清和幽。

要說起來正儀的歷史，真是太久遠、太深厚。古時候，這裡曾被稱作「鹿野」、「屈溪」。屈辰、溪水，有隱士之風。「鹿野」則有田園意味。可以看出，這裡自古就是風景如畫。

世事從來都有它自己的軌跡，行在人世間，我們要做的是以平和心待之，對萬事萬物滿懷期待，但不刻意為某一目的，總有欣喜與你相逢。

此外，正儀古鎮人文氣息濃郁，民間書法比較有名氣，有「省級書法藝術之鄉」的稱號。

　　古鎮風景秀美，江閣雲帆、雙亭柳浪、星溪秋月、虹橋煙
雨、依綠霜楓、渭塘漁火、婁江雪曉、東湖浮玉、陽澄霞鶩、
綽山夕照被稱作「信義十景」。不過，如今現存的只有婁江雪
曉、東湖浮玉、陽澄霞鶩等自然景觀。雖然故景已不復存在，
但走在老街上仍能感受到它的昔日風姿。

02

　　幾片芭蕉葉探出院牆，「倚綠樓」三個字映入眼前。真喜
歡這三個字，有一種江南大家閨秀的感覺。樓主是個女子吧？
大概愛穿素色衣裳，眉眼堆滿笑意，沉默寡言，溫暖明媚。這
樣想著，雙腳已踏進小樓。

　　進門處，芭蕉碧綠，錦鯉嬉戲，花草繁盛，牆根處落滿青苔，幾件古舊的老物品，擺放在一側，精緻又詩意。我被這些小景物打動，而這些小景，皆出自樓主之心。

　　幾年前，倚綠樓只是座老宅，後在樓主鄭豔的精心設計下，成了一座隱在小鎮的茶書院。朋友輕輕地問：「在樓上嗎？」「在呢。」聲音清澈又明亮。一個身穿素色針織衫、長髮溫柔地落在雙肩、笑容燦爛的姑娘迎了上來。她就是如今倚綠樓的樓主——鄭豔。

　　她曾是園林景觀設計師，後來到正儀古鎮，擇一鄰水老屋，與茶為伴，簡靜清雅地過著小日子。這座茶館，是她的禪園，亦是小鎮上的隱世風景。二樓有古琴、有書，一樓有茶、有畫。她說這裡的所有水彩畫都是她自己的作品。那些抽象的畫作，意境悠遠，畫面隨意又富有禪機，值得深深品味。

　　「樓下坐坐，喝杯茶吧。」樓主鄭豔說。

　　她燙壺，溫杯，置茶，沖泡，纖巧的雙手在茶葉與清水間舞動。「我最喜歡下了雨，坐在這裡聽雨喝茶。」她聲音低沉，緩緩地說。我抬頭，撞見剛進門時的那株芭蕉。若下了雨，雨打芭蕉，瓦簷上的雨滴滴答答，屋內茶香裊裊，即使是再大的榮華富貴，都換不得這樣的時光吧。這樣真好，隱於小鎮，虛度時光，所有的深情與無言，都在茶裡。

　　杯盞裡，有兩片沖開的茶葉，茶湯清澈，葉子在茶湯中，

有著雲水禪心的意境。我們就這樣安安靜靜地對坐飲茶，今日穀雨，何事西窗穀雨茶，共赴一剪好時光。

　　茶喝到微涼，忽見「雪隱」二字映入眼簾，心中大喜。竹門，門上寫「竹隱」二字，一株楓立於門前，腳下是小小拱橋，拱橋兩旁則鋪著石子小路，楓上掛一鳥籠，住著鸚鵡。不得不驚嘆設計師的細膩心思，這些風景的空間並不大，卻處處彰顯雅緻。

　　一鎮、一院、一盞茶、一抹時光，這樣的好，是靜，亦是寂。然而，與生活握手言和的人，從來都不怕寂寞，因為他們懂得，繁華終歸會散去，清淨才是長情。

03

　　青糰是我最喜歡吃的食物，甜而不膩，清香四溢。正儀的青糰，在我品嘗過的眾多口味中為一絕。

　　剛過完清明節，正是吃青糰的季節。在老街入口處，有位做青糰極好的老阿姨，一塊錢一個青糰，有許多種口味可供選擇。

　　作為江南特有的美食，只要是旅遊景點，幾乎都會有。但正儀的青糰與別處不同，它在餡兒心裡加入小塊豬油，使其吃起來更加香醇。聽朋友說，正儀青糰在整個江、浙、滬地區都極負盛名。

　　來正儀古鎮不得不吃的美食，還有泡泡餛飩。皮入口即化，泡泡大，點上豬油，滿屋飄香。

　　在小店裡看老阿姨製作泡泡餛飩，她的小孫女在一旁玩耍，這樣的日常，沒有驚豔，卻有著樸素的好。

　　轟轟烈烈的生活，年少時經歷過，無悔。而年歲漸長，越來越深愛這樣的平靜，過好一粥一飯的小日子，健康、快樂，即使平凡，也有平凡的珍貴。

04

　　太陽西斜，我們來了，又走了，小鎮不動聲色，始終保持著安寧與祥和。我知道，人生這趟旅行，總有一日，會回歸到小鎮的無聲中。

　　因為，我們都在尋找一隅清淨處，並蒂花開，不悲不喜。

洛陽‧清淨與繁華，皆為人生行旅

江南，五月，夾竹桃安安靜靜地開著。我坐在房間裡整理照片，牡丹花開，媽媽燦爛的笑容把我拉回到那個人間四月天。

人的一生，都在不斷行走，不斷尋找。從故鄉到江南，鄉情成為珍藏的美好；遠方，又成為追逐的故鄉。

四月，我拋下所有工作，完完全全地與自然對話，每日裡，除了寫書、閱讀和彈琴，就是走出去，看風景、看花開。電話裡，媽媽問是否回家，春天的鄉間很美，綠樹成蔭，花開成海。只為這樣的美景，我收拾心情，回到故鄉。

距離產生美好，其實，更多時候是不懂得憐取眼前風景。我執意棲居江南，看山、看水、看煙雨濛濛，卻把故鄉的風景擱淺，在鄉愁爬上心頭的時候，才憶起身後的那片土地。

洛陽，是我故鄉的一座城。曾經，我與它有過蜻蜓點水的緣，如今，我帶著媽媽一起，遇見洛城牡丹花事、禪佛往事。

唯有牡丹真國色，花開時節動京城

牡丹，是洛陽的名片，我對洛陽的初印象亦是這句詩。劉禹錫用寥寥幾字，就把牡丹的傾國傾城刻劃出來，它的風姿韻味、它的富貴繁盛、它的盛世美顏，無不成為每個遊洛陽人的念想。

　　我的媽媽愛花，更愛碩大、美麗的花朵。我給她買薔薇種，她嫌那花太嬌小。她自己種了牡丹和芍藥，十分歡喜，花開時，就樂呵呵地打電話給我，寶貝似的說著她的花開。

　　我的媽媽愛花，更愛紅豔豔的花朵。她的少女時代，眼睛裡看到的、生活裡感受到的，只是外婆家方圓幾里的小村，沒有花紅柳綠；她穿的衣，藏藍色的確良布，沒有花色，很素；她的長髮，編成麻花辮，黑皮筋綁著，戴朵花都是珍貴。所以，她那樣熱愛色彩，那樣熱愛錦繡，那樣熱愛團團煙火。

　　帶她去看花，她快樂得像個孩子，臉上的笑容，比牡丹花還燦爛。

　　小時候，我是她庇佑的小女兒，長大後，她是我用盡一生守護的小天使。一路上，她挽著我的手臂，神州牡丹園人多，她小心翼翼，生怕走丟。那樣子，讓我想起幼年時，媽媽帶我看戲的情景。戲場人多，我緊緊攥著她的手，一刻不敢走遠。成長與老去，是每個人都會經歷的人生，懊惱過時間太快，卻也欣喜，我可以成為媽媽的小小港灣。

　　園子裡的牡丹開得真好，媽媽拿著手機，各種角度地拍照。雖然已過花甲之年，但她的心性卻如少女。又黑又長的髮，在耳後綰起，散落在雙肩，黝黑的皮膚上，是歲月留下的紋理，但那又怎樣，看見花，她依然興奮。

　　真喜歡媽媽的生活狀態，一生平淡亦平安。少女時代，她

是家裡的二姐，外公走得早，大姨出嫁，她便早早離開學校，幫助外婆擔負起照顧弟弟妹妹的責任。生活的艱辛，磨練了媽媽堅毅的性情，並陪伴她一生。她彷彿是一株凌雪傲霜的梅，冰天雪地裡，散發著清雅幽靜的暗香。

二十幾歲嫁給爸爸，依然一貧如洗，但她用勤勞和智慧，撐起與爸爸的家。

認真過好每一天，不與鄰里爭，不與他人攀，用雙手創造財富，用真誠善待生活。如今，媽媽在故鄉守著一方小院，種花種菜種春風，歸園田居。她的兩個女兒，寵她、愛她，一家人雖不大富大貴，但平安喜樂。這是媽媽的福報，亦是我們一家的福報。

牡丹園內除了國內外一千多種牡丹，還有芍藥。牡丹與芍藥並稱為「花中二絕」，常栽種在一起，故有「牡丹為花王，芍藥為花相」的說法，花王、花相次第開放，堪稱絕美。

入園直走，國龍閣立於眼前，閣內雕塑著歐陽脩的像，兩邊是盛開的牡丹。歐陽脩曾在〈洛陽牡丹記〉中寫道：「洛陽之俗，大抵好花。春時，城中無貴賤皆插花，雖負擔者亦然。花開時，士庶競為遊遨，往往於古寺廢宅有池臺處為市井，張幄帟，笙歌之聲相聞。」刻劃著洛城牡丹盛景。

園內有導遊講解，國色天香的牡丹，盡展風姿。「春風得意馬蹄疾，一日看盡長安花。」大唐詩人的筆墨一揮，就是傳

世詩篇，好一句「一日看盡長安花」呀，歷史成過眼雲煙，這裡雖不是大唐長安，但花開卻年年依舊，得意的是春風，小是看花人。

媽媽對牡丹的愛，還源於花開得富麗堂皇。她不懂詩情畫意，只有對生活最樸素的期待，任風風雨雨，絢麗依然。她知道，活著不易，但要有希望，牡丹花以富貴示人，我們終其一生追尋的，不過是盛世、平安、吉祥、富貴。

「這是女兒帶她媽出來旅遊呀。」我和媽媽正走著，身後傳來這樣的 句話。

媽媽沖我笑笑，我也朝媽媽笑：「來年春天，帶妳去蘇州看花。」

「好的。」媽媽快樂地回答。我從她的眉眼間看到愉悅。

二十多年前，她帶我來到人間，用愛陪我看世界，以後，我會帶她看世界，看她最愛的江南梅，看她深愛的每一朵花。

尋一清淨地，以禪心，遇見一朵蓮的盛開

踏足白馬寺，足音輕輕，步履淡然。

帶著一顆禪心走在寺院內，香火縈繞，綠樹蔭蔭，就連說話都變得很輕很輕。

人生行路漫漫，我們總要找到一種讓內心安寧的方式。有人以慈悲的佛為信仰，有人以寬厚的上帝為指引。其實，無論

哪般，都是心之所向，只要向善、向美，佛自在心，上帝亦會佑護我們的生活。

　　生活繁忙，要隨時有顆出離心。她沒有信仰任何宗教，但她喜歡去林間寺院，看到虔誠的信徒，會被深深地觸動，會有剎那的歸屬感。她貪戀紅塵的熱鬧與煙火，但她亦會讓自己在熱鬧中保持隨時的安靜，這場安靜裡，沒有執念與糾結，只有乾乾淨淨的心靈。

　　白馬寺香火很旺，來來往往的香客，俯身在佛像前，雙手合十，默默祈禱。那些祈禱的人，有年輕力壯的男人，有穿棉麻布衣的姑娘，還有滿頭銀髮的老者。他們雖然處在不同的人生階段，但他們內心的善和愛是相同的。這大概，是因緣吧！

　　她挽著母親的手臂，把對塵世最樸素的祈願默唸。母親年紀大了，儘管銀白色還未肆無忌憚地霸占著母親的頭髮，可她依然可以從生活小事中，感受到母親漸漸老去的痕跡。

　　母親執拗，像個孩子。她說帶母親出來旅行，其實母親是不同意的，怕麻煩她。後來她也孩子氣，說：「妳不去我就不回家了。」母親這才說好。

　　這世上有兩種孩子氣，一種是未長大的孩子，如每個父母健在的人，在父母面前都會有孩子氣的表現；一種是年歲漸長的老人，他們經過成年人的迷惘和英勇，慢慢地開始回歸，回歸到孩童的狀態。像一顆種子的成長規律，從破土發芽，到長

成參天大樹，最後，再枯萎成一墩木樁，在風中無言。

母親的孩子氣，是第二種。第一種在外婆離世的那天，就已經消失。後來，她把自己活成沙漠裡的一株植物，因為，再沒有一個可以呵護她如孩子的人。丈夫，只是與她攜手走過人生，不會像外婆那樣萬事都把她捧在掌心。女兒，女兒還小呀，是個需要她去呵護的孩子。

直到後來，那株沙漠裡的植物，漸漸老去。她的女兒，已經長成另一株沙漠裡的植物。哪怕女兒依然會孩子氣，但卻懂得在她的面前學會英勇無畏，一如當年的她。

她們走向一座座廟堂。這是泰式寺廟的建築風格，這是印度寺廟的建築風格，這又是緬甸寺廟的建築風格。她指著指示牌上的字，一一說給母親聽。然後，她舉起相機，為母親留下這趟旅行的紀念。

在寺院裡行走，與別處不同。似乎有那樣一種氣場，讓漂泊不定的心，就這樣如水止靜。

路過「止語茶舍」，「止語」二字，真是用得妙。生活在當下的時代裡，我們最難學會的就是止語。渴望表達自己，渴望得到認可，渴望被萬眾矚目，於是，我們開始大聲地宣揚自己。然而，能學會止語的人，都是有大智慧的，他們懂得守口如瓶的真諦，更懂得緘默不言的禪機。

止語，是每個人都該學會的。

　　走了好久，夕陽落在金碧輝煌的泰式建築上，無聲地來，無聲地去，如這束夕陽。踏出寺院，便是熱鬧的煙火日子，賣手工藝品的、賣南陽玉雕的，琳瑯滿目，眼花撩亂。

　　清淨與繁華，皆為人生行旅。

　　這就是，生之喜樂吧。讓我們為之迷戀又在迷戀之外，走近又疏離。

婺源‧為自己築一座桃源村莊

初秋的夜晚微涼，迷迷糊糊睡了一覺後，車窗外透著清晨獨有的乾淨。

昨夜似乎下過雨，玻璃窗上還留著雨珠的痕跡。她這樣想著，望向窗外，那綿延的群山，在雨水殘存的溼氣中顯出有些憂鬱的蒼綠色。不知道是昨夜的雨給了山靈氣，還是這山讓雨多了幾分詩意。總之，火車飛快地向前行駛，她看見一座座山峰，聽見一聲聲呼喚。這一程，是內心的獨白。

十九歲時，她讀到這樣一句話：「如果有一天我要去遠方，一定會避開大城市，去那些古老的村莊和小鎮。」這句話出自一位素心如簡的姑娘。如今，那姑娘已是一個小女孩的媽媽。在南方的某個小鎮，教書、耕耘，與家人相愛相守。

她心動了。這麼多年過去，她也確實走過了許多村落，與城市擦肩而過。儘管如今的她依舊在城市生活，但她知道，她在為自己築一座桃源村莊。在那裡，她可以伴著晨光醒來，枕著月光入夢。

01

火車停靠在婺源站。這是一座建在山中的小縣城，出站，抬眼望去仍舊是山。但這不是她的停留地，她的遠方，是那個

掛在山崖上的古村落，是那個叫做篁嶺的村莊。

已接近晌午，她從高鐵站乘坐的士到婺源北汽車站，再乘坐鄉村公車到達篁嶺。

山間的風有些肆無忌憚，呼嘯著從耳畔掠過。公車司機把車開得飛快，她來不及欣賞沿途的景色，只看見偶爾經過的白牆、灰瓦、民居像電影鏡頭般閃現。不過，這樣的飛馳，真有鄉野的氣息。這是她童年時非常熟悉的。

山腳下，她遠遠地望見那灰色的瓦、白色的牆。高高的馬頭牆，在一片綠山中掩映著，猶如水墨畫般，美得不似在人間。

乘坐纜車上山，她才終於風塵僕僕地到達了村莊。這座村莊，被稱作掛在山崖上的古村。古村只有一家民宿，名叫「晒秋美宿」。正值秋季，這裡的晒秋文化，正是她此行最期待的風景。

入住晒秋美宿前，她就已經被這片青山震撼，幾近落淚。乘纜車上山的途中，她的腳下是成片盛開的黃色小花梯田。那漫山遍野的自然氣息，與她深愛的故鄉，似乎有了交疊。

三角梅！

她又驚又喜，山崖上，竟然開著大片的三角梅，那三角梅正毫不羞怯地掙脫滿山的蒼綠，招搖著它熱情的花朵。那陡峭的山崖，彷彿已成了它的陪襯。

　　長在山野的花也更富有野性，開得不管不顧。反正這山是它的，這陽光雨露是它的，哪怕忙碌的山民沒有閒情雅緻欣賞，它也不管。它是開給自己看、開給這光陰看的。

　　她覺得自己身上也有野性。她的童年在村莊度過，母親採取放養式教育，她就像這懸崖上的野花，無人欣賞卻也自得其樂。自由、向上，無論風雨還是晴日，對她來說都是風景。

　　她入住的房間，窗外就是層層疊疊的油菜花梯田。現在並不是油菜花開的季節，所以，那萬畝花海並不像全盛時那樣壯觀。如此也好，每個季節都有每個季節的美。她看到了油菜花剛剛萌芽的樣子，她還看到了縈繞在山間的雲霧，每天清晨睜開眼，窗外的景色都如夢似幻。

　　房間的陳設很簡單，蓮蓬乾花和幾張攝影作品設計成的照片牆，就是房間內所有的裝飾。兩隻玩具小狗乖巧地趴在床沿，似乎是在等待她的到來，讓人感覺十分溫馨。木窗上雕著漂亮的花紋，有種古樸的氣質。

　　這樣的簡單溫暖，正符合她此時的心境。

02

　　趕了一上午的路，肚子早已發起抗議。稍作休息，她往天街走去。這是一條很深的古巷，是山村裡的主要街道，但路上的商鋪並不多，分散在天街兩側。

　　記憶總是消失得太快，再去想，她已記不起那家店的名字，只記得，她在那家小鋪的一碗餃子裡，吃出了故鄉的味道。她坐在靠窗的位置，品嘗著異鄉的熟悉味道，看著陌生卻讓自己心生歸屬感的梯田風景。

　　面對自然，她總會生出愛憐之情。出了天街，往山的方向走去，山崖邊開著粉紅色的木槿，彷彿讓秋季也多了些喜悅，少了些清冷。

　　木槿花的下方就是深崖，遠處，則是綿延的群山。陰天，山尖有雨霧流動，那是一種潮溼又乾淨的感覺，很原始，一切的修辭在此時都失去了意義。這樣的風景不僅是一種美，更是千山萬水過後內心的歸屬感。

　　走在山路上，她如一隻羽翼豐滿的蝶，腳下生風，眉目平靜，彷彿拾回了孩童時期的快樂。自然是生命最好的養分。在此刻，她要捧出最潔淨的深情，不負彼此。

　　沿途遇到些無名小花，淡紫色、水粉色、豔紅色、明黃色，散落在綠林山間，比精巧的詩畫更加浪漫。

　　在山坳中，種植著大片紫薇樹，雖然它的花期已接近尾聲，但依然可以看到它在秋風中倔強不屈的風采，把大山點綴得詩情畫意。恍惚之間，你竟然會以為，群山是因為這片花海而存在的。

　　即使漫無目的也總會邂逅驚喜，這便是旅行的奇妙所在。

　　墨心橋是一座賞花橋，橋的中間有一段玻璃棧道。她站在玻璃棧道上，向下望是蔥蔥鬱鬱的山林，遠處則是一座又一座高山。待到油菜花開的季節，站在橋上，低頭便可一覽油菜花海，遠山綿延起伏，梯田錯落有致。若是天氣適宜，還有層層雲彩與金黃色的花海相映成趣。若是小雨綿綿，則可以享受清新的空氣和雲霧繚繞的夢幻。

　　只是，此刻的她無緣與那水墨畫般的風景相遇。儘管如此，她仍然被眼前的景色深深震撼。梯田環繞著青山，細雨、煙霧，還有那些叫不出名字的小野花，點綴著綿延的山巒。油菜花已冒出小小的嫩綠色芽尖，在裸露的土地上顯得特別可愛。幾座白牆黛瓦的徽派老屋掩映在油菜花叢中，像是田園詩裡描繪的畫面。

　　她不由得想賦詩一首：

你從遠方而來
尋一座田園之夢
山已甦醒
夢已發芽
草木等過春夏
盼來秋天的這場相遇
不
這不是邂逅
這是久別重逢

　　因為《歡樂頌》的熱播，疊心橋成了「網紅」打卡地。因為關雎爾和謝童的愛情故事，疊心橋在她心裡也是一座愛情橋。

　　關雎爾遇見謝童，摘下眼鏡放下乖，鼓起勇氣，決定拒絕等待勇敢去愛。

　　她看過幾集《歡樂頌》，劇中的五個女孩，各有各的美。關雎爾是五個女孩中的乖乖女，家境小康，矜持內向，有著古典溫柔的氣質。可是她卻偏偏遇到了謝童，那個搖滾青年，外表不羈，在酒吧以唱歌為生。

　　兩人因為在音樂上有共鳴而產生好感，但是其中，大概還有人對陌生的生活方式的渴望吧。就像一個一生被安排妥帖的人，內心總有個小宇宙渴望著轟轟烈烈。而生活得轟轟烈烈的人則想遇見安寧平靜，那是突然闖入黑夜的白月光，潔淨、溫柔，讓人迷戀。

　　關雎爾就是白月光，謝童就是小宇宙。他們牽手，他們相愛，他們在疊心橋上開懷大笑。這時的關雎爾不是戴著眼鏡的乖乖女，謝童也不是放蕩不羈的搖滾青年，他們只是陷入愛情的普通男女，只要對方在身邊，便一切都好。

　　疊心橋因為關雎爾和謝童的愛情，在她的心中又有了更加美好的意義。她似乎在關雎爾的愛情裡看到了自己的影子。

　　只是，山風那麼大，站在疊心橋上大聲說出的愛，大概會被風吹散吧？

但是，她還記得有句話說：「愛過，無悔，何必在意結果呢？人生本來就是一場經歷，過程裡是美好，回憶裡是甜蜜，不就夠了嗎？」

03

山野之美，在於自然之靈氣，在於蔥鬱的山間林木，在於芬芳的花香泥土。穿過長長的玻璃棧道，便走入山間小路。清風徐來，風裡有青草和瓜果的香氣。

篁嶺有三寶，其一為山茶油。油茶樹在山間星羅棋布，不知是野生的還是人家栽種的。

從小生長在平原的她，對山有著某種痴戀。這大概就是得不到的永遠是最好的，而總是對眼前的視若無睹的道理吧。她說不清，究竟是自己不懂珍惜已經擁有的風景，還是命運早已把對遠方的追逐安排進她的生命。

山，承載了她對詩意棲居的全部想像。一座山、一片林、一寸土地、一間老屋、一段光陰，用心去耕耘，百年也不過寥寥。

油茶樹便是這山林間耕耘的春秋冬夏。

她第一次見到這圓溜溜的油茶果，那樣飽滿、那樣豐盈。它還含有抗氧化成分，能保護肌膚，延緩衰老，所以也可製成護膚產品。這讓她想到古人的生活智慧，自己動手，豐衣足

食，即使物質資源相對匱乏，也能在清貧的生活中尋得美好。恰是秋季，雲淡風輕，油茶林碩果纍纍，這是單純、喜悅的收穫與富足。她渴望就這樣慢慢老去。

她摘了幾顆油茶果留作紀念，這是屬於簹嶺的回憶。就像她去清邁時，第一次見到檸檬葉子，長相很獨特，散發著淡淡的清香，她便收集了幾片。這些不起眼兒的小物，是每一段旅行帶給她最珍貴的禮物。因為這些禮物裡，有這些地方獨有的味道。清邁，是檸檬香的清新。簹嶺，是油茶果的豐潤。

在山路上行走，讓她想起走在鄉間小路的童年時光。只不過，這裡是梯田，倚靠著綿延的群山。而那時的鄉間，是麥田，是掩映在麥田旁的尋常人家。

偶然遇見一家農舍，很破敗，卻也富有詩意。就像陶淵明的「採菊東籬下」，因為讀的人心境有別，有人讀出了悠然，有人讀出了蕭瑟。在山間隱居的人們，因為追求不同，有人活出了自得，有人則活出了絕望。

農舍前種著許多花草，沿著走道拾級而上，一側粉紅，一側明黃，把通往農舍的小路簇擁成一條花徑。貓咪臥在土丘上慵懶地嗅著花香，即使有路人經過也不會被驚擾。偶爾有蝴蝶翩翩飛來，繞著花枝盤旋。

農舍裡住著一對老人，過了大半輩子，晚年選擇這樣的生活，真可謂浪漫。雖然他們沒有大房子，沒有翡翠珠寶，可他

們有明媚的陽光和清新的空氣，他們有愛，有彼此，有小屋門前的幾畝花田。這樣的安逸人生，是多少人一生的追尋啊！

瓜果藤下，她想起一句古詩：「晨興理荒穢，帶月荷鋤歸。」這也是陶淵明的詩。一想起陶淵明，想起風雅的魏晉，她的心就跟著靜了下來。

藤上牽著冬瓜、南瓜、絲瓜、葫蘆瓜等，藤下青草茵茵，有些暗角還長了青苔。藤架上散發著木頭香，風中夾雜著瓜果甜，一隻壁虎在藤架上悠然地散著步，全然不顧她正拿著相機對著它「咔嚓咔嚓」。

無人問津的瓜果藤，或許只能作為風景吧。倒也蠻好。有時候，實用在詩意面前顯得大為遜色。所以，別對一切事物都過分地追求「有用」，美就好，內心滿足就好。

原本陰沉的天空放晴，投射下幾縷陽光，落在瓜果上，照著豐收，落在葉子上，透著喜悅。

甚好，甚好。一切的不期而遇，都是驚喜。

沿梯田而行，一路花香。山間的野花，大多樸素，就像生長在村莊裡的小孩，並不起眼兒，但他們擁有無拘無束的靈魂，遼闊的田園給了他們肆意生長的機會。

鳳仙花、雞冠花、金盞菊……一路走著，一路遇見各色的花香。山間的風微涼，拂過耳畔，滑過腳踝，彷彿空氣都變得溫柔。梯田間偶見三兩農人，在太陽下耕耘著。距離太遠，她

看不清農人臉上是喜悅還是辛勞。

但她覺得，依靠勤勞的雙手為生活工作，無論物質富足還是清苦，都是一種樸素的美好。

山間風景帶給她的震撼，已經裝滿她的行囊，可當那紅豔豔的三角梅映入眼簾時，她還是被感動得挪不動腳步。

三角梅開得熱烈，一片，兩片，三片⋯⋯綠葉掩映間的花朵，簡直可以用「瘋」來形容。不管人們在不在意，不管會不會有人將這樣的熱烈稱為俗豔，它就是要這樣沒心沒肺地開花。

恰好，她就喜歡這樣的三角梅。

三角梅的美是放肆的，一點都不知道克制，正合這鄉野氣息。不克制的美，落幕時往往也會比較淒涼。她看到落在地上的三角梅，紅得怵目驚心，與依舊開在枝頭的花兒形成鮮明的對比。

她想起一句話：有的枝頭正得意，有的零落成地上泥。不記得說這句話的是哪位女子，但其實也沒什麼可得意，畢竟終究都要零落成地上泥，不是嗎？

蜿蜒花徑的盡頭，是一座小屋。她想，住在那屋子裡的人真幸福，一推門就是滿目的三角梅。她最大的夢想，是居於山野小村，種大片的花，讓花開成一片海。然後就做個閒人吧，與愛人過琴棋書畫、柴米油鹽的生活。可是，對於這小小的夢想，她卻從不敢聲張。

也許，人活著，根本就沒有絕對的自由。

因為，生活會賦予你太多無形的枷鎖。

04

走過那片三角梅花海，她又回到天街古巷。夜，慢慢降臨。

古村被稱為鮮花小鎮。那些不起眼兒的鹹菜陶罐、豬槽子，現在都種滿鮮花，搖身一變成了古樸的花器。其實，美的何止是鹹菜陶罐、豬槽子呢？美的是發現並創造美的靈魂。

沿街的商鋪，幾乎家家門前都有花，從山崖上緩緩而下的流水，「嘩啦啦」地唱著歌，流經老屋門前。那老屋，是一家服裝店，店裡的衣裳多為棉麻材質。店主是個姑娘，有客人進來，她也不過分熱情。這樣多好。衣服亦有深情，懂的人自然懂，不懂又何必強求？

此時的古村內，晒秋是最迷人的風景線。

錯落有致的徽派老屋、斑駁的黛瓦、古樸的窗櫺、寫滿光陰的老牆，以及那些樸素的農具，向路過的人訴說著村莊的質樸和豐收的喜悅。

紅紅的辣椒掛在窗櫺上，捆綁好的芝麻、大豆立在厚重的木門邊，金黃的玉米棒子掛在蛻了層皮的老牆上，竹編籃子裡是又大又好看的南瓜和冬瓜，簸箕裡是讓人眼饞的柿子……

這些蔬菜瓜果，她可真是一點都不陌生。南瓜粥、南瓜菜，是清貧的九十年代裡，最美味的佳餚。

把玉米用玉米鬚編起來，掛在牆上或者窗欞上，這也是她童年時曾見過的景象。不過那時並沒有晒秋的說法，只是因為機械還不發達，一季的玉米僅靠半個月的農忙根本收不完。但又不能耽誤下一季的播種，她的祖輩鄉親們就想到了這個辦法，把未做完的秋活先晾一晾，趁著季節溫度的變化，先播種，待到農閒時，再慢慢地去做秋季落下的農活。

知季節，順氣候，是生活的智慧。然而，恐怕如今的我們早已把這些自然規律拋在腦後了吧。不知道這是人類的進步，還是倒退？

位列篁嶺三寶之一的朝天椒，是這次晒秋的主角。紅紅綠綠的，在簸箕裡安靜地躺著。這是對豐衣足食的祈願，對樸素生活的深愛。

夜深了。山崖之上，溫暖的燈光星星點點，彷彿閃爍在山中的繁星。古村安靜下來，住在村子裡的旅人已悄悄歇息。今夜沒有皎潔的月光，遠山漆黑一片。

往回走吧。

她回到美宿，時而有蟲鳴聲響起。窗外下起小雨，和她剛踏入村莊時一樣，是很溫柔的雨，沒有聲響，落在古老的馬頭牆上。有些故事，不被提及，亦不曾被遺忘。

05

清晨，推開木窗，窗外下了小雨，抬眼望去，是煙雨濛濛的遠山，在雲霧中若隱若現，宛如她年幼時看的神話劇中的仙境。

雲霧在山間流動，山是黛綠色，讓她想到古時形容女子的美，會說「眉如遠山含黛」。女孩子的眉毛像黛色的遠山，面龐好似水中的半月、霧裡的嬌花，有含蓄、浪漫的美。

而此刻的山景，與女子有著同樣的美好。雲海緩緩流動，山尖微微露出，山坳中的梯田清潤、乾淨，斑駁的馬頭牆被雨水洗刷得更有古意。這總讓她感覺，那牆頭的灰白色之間，埋藏著許多古徽商的故事。

若生在舊時代，此地真是絕好的隱居處。佳人在側，煮一壺老酒，在茫茫雲海間，彷彿一切都可以放下。

撐傘走在老街上，那古意更添了幾分。

七八點鐘，遊客還沒那麼多，村莊還是安靜的。她拾級而下，雨落在青石階上，幽深的青苔和著雨水把一種叫做懷古的情緒生生填入她的心中。

似乎每個古老的村莊都有一座戲臺。篁嶺的古戲臺，更加遺世獨立。戲臺很破敗，不知道在這戲臺上，曾演出過多少悲歡離合，又曾演出過多少無常聚散。戲如人生，人生如戲。舊時生活在古宅裡的人，有多少掌握著自己的命運又被命運掌

握？正如臺上演出的場場大戲，回首恍然如夢，發現自己不過
是在別人的故事裡自我感動。

　　古戲臺前的場地並不大，再往前去，就是懸崖。少有遊客
打擾的清晨，這戲臺顯得清冷又涼薄。小雨綿綿，雨聲亦細
密，生怕聲音太大會驚擾了誰的舊夢。

　　她想起那一句：一出紙醉金迷鬧劇，一襲染盡紅塵的衣，
唱罷西廂誰盼得此生相許。

　　這戲，是她的夢，還是誰的夢？

　　古村內還有許多古老的宅院。她踏足每一座宅院，似乎都
聽到那關於徽商的故事，在她耳畔緩緩響起。

　　慎德堂並不算大，但是很古樸。徽派建築，讓她感到的是
幽深、清冷。就像電視劇《煙鎖重樓》裡那樣，徽商、禮節、
牌坊，連情感都是有些壓抑和無奈的。

　　或許是因為沒怎麼修葺吧，老宅在歲月風霜下流露出頹敗
的氣質。高牆、幽窗、深宅，一束光從天井灑落下來，讓屋子
裡不至於太暗。屋內放著古老的相框。那種相框，她曾在九十
年代初，在奶奶的房間裡見過，相框裡極其不有序地放著家裡
人的黑白照片。在慎德堂看到的相框，裡面裝著許多時髦女性
的照片。捲髮、細長的眉毛、旗袍，那樣的畫面，她只在上海
女人香膏的包裝上見到過。

　　這座宅院是晚清臨川縣令曹鳴遠為其父母修建的。過去的

人建造宅院，非常講究風水，善於把神話故事中的人物、風景
融入其中，賦予其美好的寓意。不像現在的高樓大廈，只管往
上建造，生活在高空的人們，猶如被架空的軀殼。過去人家
建造房屋，取名字也很有講究，比如慎德堂，此名為「提醒後
人，做事三思而行」。

五桂堂距離慎德堂不遠，據說，這是篁嶺人的祖宅，篁嶺
為曹姓聚居區。在篁嶺民居中，五桂堂面積最大，最有講究。
老爺、太太房在樓下，小姐的閨房則在樓上。

五桂堂的二樓閨房，是典型的徽州閨房，花繃繡架、織布
機等對象，把徽州閨秀的生活場景一一再現。舊時代，閨閣女
子無才便是德，而徽州文化中，禮教又非常嚴謹，女子在家習
琴棋書畫、品詩酒花茶，為淑女之德。有時候想一想，儘管
那生活裡有詩意，卻又不免徒增許多遺憾，比如愛情，比如
遠方。

此宅主人在二樓為小姐修建美人靠，因為在古代，閨中小
姐輕易不能下樓外出，只在房裡修習閨閣之藝。小姐在閨房習
琴作畫累了，便可倚著美人靠休息。倚在美人靠上，望著遠山
如雲似煙，古宅錯落有致，這浮生閒光陰，不知道那小姐是否
會有幾多閨愁，與那遠山一樣，讓人看不真切。

繼續走著，就到了怡心樓，如今，這裡是婺源的婚嫁展示
樓，整體布置得非常喜慶。徽派建築講究石雕、木雕和磚雕，

其中以木雕最為精美，怡心樓門廳前的木雕窗，便是古徽州木雕的精華所在。

出了怡心樓，便到了樹和堂。這是古村的一座徽建官廳。篁嶺曹氏後人在外為官，回到故里，建了這座廳，既彰顯身分，又為權貴人物行禮教、會賓客提供了去處。樹和堂寓意家人和睦、以和為貴。

古宅、老院，歷史的煙塵飛過，唯有這沉默的白牆黛瓦佇立著、沉默著，看世事變遷、人間悲歡。

無論多麼富貴，錢財都不過是過眼雲煙；即使生活清貧，也可以幸福快樂地度過一生。

如果平安健康，如果一生得以妥帖安放，這又何嘗不是最樸素、簡單的幸福呢？

篁嶺村口有許多老樟樹，長在山崖邊，庇佑村莊裡祖祖輩輩的村民。那樟樹的古意讓她以為光陰被偷換，古徽州的故事，正在眼前上演。

過了天街再走一會兒，便是下山的路。老樟樹沉默不語，迎來送往。或許，當年生活在這裡的曹姓人，也是沿著這條山路，踏出一片萬里河山吧。

不知道村口的老樟樹收藏過多少痴心的守望、難捨的別離。故事講到這裡，總要畫下句點，無論圓滿還是遺憾，都該珍惜。

待到時光成繭，山川草木會記得，他來過，妳守候過。

06

山風很大，鄉村巴士像長了翅膀，飛過群山和村莊。大山在身後倒退，風呼呼地吹過耳畔，心彷彿也在這山林間變得純淨無瑕。

途經江灣古村，這被稱為「夢裡老家」的村莊，她怎麼捨得與它擦肩而過？

一隻小小的紅色蜻蜓，是江灣帶給她的喜悅。王立的亭、蜿蜒的橋、清冽的水、幽靜的蓮，入眸便是這詩畫般的風景。幾隻紅蜻蜓繞著水、圍著蓮盤旋，這樣的美景，名字亦非常詩意——「蓮花池」，婉約的江南氣質，下一秒，彷彿將有一位美人邁著輕盈的步伐踏著蓮葉款款而來。

這裡是蕭江氏聚居村落，蓮花池左側就是蕭江宗祠，宗祠內供奉著蕭江氏族譜和牌位。宗祠始建於明代，不過，如今看到的是二〇〇三年修繕重建後的樣子，恢宏大氣。

出蕭江氏宗祠，江灣牌樓立在眼前，這是古村的標誌。牌樓的右側為古戲臺，與別處的戲臺區別並不大，就像牌樓，幾乎每座古村都有。但它們又都獨一無二，因為一座牌樓、一座古戲臺，守護的都只是這座村莊的祖祖輩輩。

一條條古巷，一座座古宅，這裡彷彿不曾被人驚擾過，甚至連她的到來都顯得突兀。那些破敗、落寞的古宅，彷彿遲暮的老人，堅守著傳統，卻又垂暮無力。

　　江永紀念館只是一座蕭瑟的老房子，院子小到可以忽略不計，房間陰暗、狹小，若不是那斑駁的門樓和幽窗，她會以為這是八九十年代某個老人的居所。

　　正堂屋按照舊時的模樣擺設，八仙桌、長凳、座鐘，一應俱全。這樣傳統的家具擺設讓她感到親切，彷彿回到了九十年代家鄉的小村莊。傳統的美，任何時候都不會遜色。

　　窗戶很小，窗外的綠植把這座老房子點綴得更加有古意，絲絲縷縷的光，落到屋內的木地板上，散發著時間的氣息。這位一生蟄居鄉村、以教書為生的先生雖然已經老去，但他的靈魂不老，他惠澤鄉里的故事不老。

07

　　汪口古村依山傍水，宛若桃源。

　　村口的千年古樟樹，是這座古村的魂；千年古街和徽派建築群，是這座古村的血脈；古徽州碼頭與潺潺的永川河水，是這座古村的浪漫。

　　歷史記不住的，村口的樟樹記得。那樟樹依永川河而植，與遠處的青山輝映。河水清澈，在秋風掠過的剎那，樟樹葉落在河裡的影子隨之舞動，詮釋靜好歲月的意義。

　　村口有村民設了小攤，販賣些農產品維持家用。村莊裡的人，不知繁華，只守日月，也是一種人生智慧。若恰有詩性，

還可吟誦一句「採菊東籬下」，與陶淵明隔著時空共情。

看看山，泛泛舟，閒時吹吹山風。

古時，永川河是重要水運通道。那個輝煌的徽商時代，店鋪林立，商賈雲集，船運如梭，繁華富足。如今的永川河冷清了許多，但河水依舊清澈。夾岸青山的倩影，在水中清晰可見。白牆黛瓦沉默不語，看滄海桑田歲月變遷。

汪口村是俞姓聚居地，村莊儲存完整。山林、埠頭、商業街、小巷、祠堂以及散落在各處的官邸、商宅、民居和書屋等，仍保持著明清風貌。她走在千年古街上，狹長的街巷坐落著人家，看著那落滿風霜的一磚一瓦，有種塵埃落定的安心感。

偶遇村民，他們對她羞澀地微笑，招呼她去家裡住宿、吃飯。村莊裡居住的大多是老人和小孩，民風純樸。她不由得感嘆，與這座村莊的相遇，不是驀然回首，而是久別重逢呀！

08

李坑，它的詩意是小橋流水人家、是村口的大樟樹、是村尾的稻田、是青春。

這是一座李姓聚居的古村落，一條小河穿村而過，河水流淌千年，依舊清澈。村口一棵千年古樟樹，庇護村莊、灑下陰涼，守望著朝朝暮暮。

　　稻穀成熟，風微微吹著，稻穀謙卑地低下了頭。這是只屬於秋天的景色，富足、愉悅。

　　寫著「李坑」兩個字的古牌坊，立在通往村莊的小路邊。她對牌坊總有一種特殊的感覺，覺得這裡發生過許多故事，與村莊朝暮為伴，看興衰變遷。

　　在徽商文化中，牌坊似乎與家族、命運緊密相連。封建社會裡，為表彰忠孝節義等品質，村民會在村頭修建牌坊，號召人們以此為榜樣。比如歙縣鮑家牌坊群，一道道牌坊就是一個個千古傳唱的故事。這些故事裡，有輝煌，亦有辛酸和血淚。

　　李坑村口的牌坊雖然是後來修建的，但也讓人心動。在山中生活，無其他瑣事煩擾，耕織讀書，靜度光陰。古人的精神時刻提醒著今人，傳統與美德生生不息。

　　對村口的老樟樹，她總有說不出的深情。那深情，與故鄉有關，與詩意棲居有關。三三兩兩的學生，坐在村口的老樟樹下面寫生。他們為村莊添上色彩，用畫筆描繪著秋天的村莊，用青春書寫著李坑的浪漫。村莊給了這些學生風景，這些學生也成了村莊裡的風景。

　　許多年前，她和現在的他們一樣，臉上同時寫著迷茫和堅定，筆下畫著不可知的未來，盡情享受著青春。她記得，自己筆下的明天是拂過衣角的風，是掛在天邊的虹。光陰荏苒，成長是驀然回首的遇見，忘卻的與珍藏的，都免不了零零落落。

　　沿著主街行走，溪水貫通街巷，船隻蕭瑟，燈籠喜慶，老屋參差錯落。小溪兩岸大多是老房子改造的客棧，青石板縱橫交錯，溪與橋相互依存。小溪是村民們的生活之源，傍晚時分，他們在自家門前的小溪裡洗菜，沒有那麼多講究。在我看來，這種與自然、天地共存的方式，最原始也最智慧。

　　在溪堤，有位老人在殺魚，幾個小男孩圍在老人身邊，好奇又認真地看著。對村莊裡的孩子來說，這也許就是童年裡珍貴的快樂吧。他們沒有洋娃娃，沒有迪士尼，但有漫山的梯田，有湍流的小溪，這些帶給他們爽朗喜悅的笑聲和自由如風的靈魂。

　　申明亭與通濟橋相連。李坑的村規非常多，如果村裡有人作惡，就會在亭子中貼出告示，寫明事件原委和處理辦法，村子裡有糾紛也會在申明亭聚眾評議，解決糾紛。

　　李坑村民非常重視教育。據說，李坑人的祖先叫李洞，是個曾任從五品朝散大夫的隱士。他隱居於此，讓兒子李仁建立了盤谷書院，非常重視教育和人才的培養，所以這裡文風鼎盛，菁英輩出。如今，在村裡的老牆上，她看到一張紅紙黑字的村通報，說村裡會給予考上高中的孩子補貼學費的獎勵，考上大學則獎勵更多。

　　文曲星在道教文化中主管文運，專門管理人間讀書和功名之事，所以，古時的讀書人會為了考取功名拜文曲星。李坑的文昌閣，是鄉人為保佑子孫金榜題名而供奉文曲星的廟宇。在

古代，這裡也是文人墨客吟詩作賦的地方。隨著歷史變遷，起起落落，如今我們看到的文昌閣已經是經過修復重建的了。

通濟橋前有兩條溪流，被稱為「兩澗流清」。其中一條溪流前方有兩個石墩，因此被視作公龍，石墩為龍角。另一條沒有石墩的則是母龍。兩條龍在此橋處匯為一條溪流，有「雙龍戲珠」的美好寓意。

按照古代風水，其實村中兩水相激很不吉利，但李坑的祖先想到用通濟橋鎖住，再用伸張正義的申明亭鎮住，也就算化解了不吉利。

通濟橋往前，是村裡的古戲臺，相比較篁嶺古戲臺，李坑的更顯落寞與古老。戲臺四周雜草叢生，寫生的學生三三兩兩坐在廊橋邊，與古戲臺一起入畫。戲臺的後面，是無盡的稻田和綿綿群山。

古老的東西都有靈性，那種蕭條的美，有時比華麗更令人心動。繁華時不免會顯得聒噪，而蕭條則是乾淨的，人心彷彿也變得更加清澈。

沿途皆是明清古民居，那些精緻的木雕、石雕、磚雕、彩繪，就像那些古老的祠堂、青石路、馬頭牆、天井等，在時光中自然地散發著幽幽古韻。有許多老房子如今還住著當年主人的後代，昔日的鄉紳名士，留下的亦只是這一座座老宅和說不完的故事。

　　至村尾登上小山。稻田、錯落的民居、白牆黛瓦，看上去是那樣寧靜祥和。這時，無論你在城市裡練就了多麼堅硬的心，都會被這片山水村落融化成柔軟的深情。

　　流水、人家，自在富足的生活智慧。

　　這就是李坑。

　　中秋佳節，恰逢李坑的慶豐收舞龍盛會。

　　中國農民豐收節，是中國家在二〇一八年專門為農民設立的節日，定在每年的秋分時節，李坑人舞龍歡慶，讓她看得暖意洋洋。

　　一方土地，一分耕耘。他們富足、快樂，富足來自豐收的喜悅，快樂從心底湧上臉頰。

　　天色將晚，隨著一彎明月掛上天空，李坑的舞龍盛會拉開帷幕。村子裡的男女聚在村口，小孩手中提著寓意美滿幸福的燈籠，稻田在將晚的天空下散發著迷人的光澤，讓馬不停蹄趕路的人勒馬駐足，放下負重，開啟心扉。

　　秋天的夜風清清涼涼，如同她此刻的心情，滿足、喜樂、自在、輕鬆。

　　這樣的富足，無關財富、無關名利，只因為村民們臉上真誠的笑容，因為吹過稻田的風，因為風輕雲淡的秋日光景。

　　舞龍主要是李坑人對過去生活的感恩，對未來生活風調雨順、平安健康的期盼。

　　帶頭的是村莊裡德高望重的老者，只看他揮舞著圓鼓鼓的龍頭，後面的龍身則是由十幾位純樸的莊稼漢舉著，農婦坐在兩邊的轎子裡，小孩舉著寫著「年年有餘」的燈籠興奮地看著，巨龍的身後是幾位後生在敲鑼打鼓。

　　巨龍從頭到尾由紙糊的燈籠組成，燈籠裡插著赤色蠟燭，照亮了整個夜空。從村頭出發前，要先連放好幾掛鞭炮，鞭炮聲震耳欲聾，響徹雲霄。從村頭到村尾，沿著青石板小路向前，龍燈時高時低，路過人家的家門前時，主人會把早早準備好的煙花或者鞭炮放好，「劈裡啪啦」，迎接豐收。舞龍隊伍走遍全村，家家戶戶的臉上都洋溢著喜悅的笑容。

　　她跟著舞龍隊一路行進，走了很久。她多麼感動啊，原來，人的快樂可以如此簡單。她好像也成了李坑人，因為他們的歡喜而歡喜。不，她是成了自然的女兒，感知日月風雨，明白了所謂幸福，不過是再樸素不過的春耕秋收。

　　懂節氣和耕種的人，才是天地的寵兒，他們知道人渺若塵埃，所以更懂得慈悲，也更加良善。他們明白秋收是春種的結果，不是刻意尋得的，而是付出便會有收穫的自然規律，所以更努力，也更知足。

　　夜漸深，村莊歸於寧靜，一輪明月掛在馬頭牆上，把那條青石板小路照得清亮無比。田間地頭的稻穀在夜裡安睡，村口的老樟樹在夜裡安睡，村莊裡的他們在夜裡安睡。

她，也在夜裡安睡。

晚安，李坑，謝謝妳帶來的靜好歲月。

<h1 style="text-align:center">09</h1>

思溪延村由思溪村和延村兩個村莊組成，兩村由一條小河和一條小路連線。歷史上，這兩個村落走出過很多官員商賈。思溪村還是一九八七年版《聊齋》的拍攝地。

遠看，思溪延村與別的徽派古村區別不大，都是明清古建築風格，面朝溪流和稻田，背倚綿延群山。白牆黛瓦和馬頭牆，與自然山水交相輝映，留下光陰的斑駁痕跡。

但每座村莊都有自己的歷史和文化，就像世上沒有兩片相同的樹葉那樣，世上也沒有兩座完全相同的村莊。走在思溪延村，看高高的馬頭牆映著瓦藍的天空，馬頭牆與藍天勾勒出一幅純淨的水彩畫，淡雅、樸素，讓人忘卻凡塵浮華。

延村環山抱水，猶如一葉竹排，依偎在思溪河畔，楓樹、槐樹、竹林等植物把村莊點綴得更加古樸。

在網上看到過春天的思溪延村，古舊、安靜，油菜花在兩個村子之間，燦爛、金黃，與兩村的古老民居相映，一個樸素，一個絢麗。剛下過春雨，天空還是潮溼的樣子，老農肩上挑著擔，頭戴草帽，走在那片金黃之中。

她一下子就被這乾淨的畫面吸引。

　　遙遙尋來，從早春到早秋，天空高遠，油菜花田轉身變成微黃的稻田，村莊還是那樣古樸，卻又多了幾分豐盈和富足。如果說春天的思溪延村是個丁香姑娘，帶著幾分憂鬱的美，那秋天的她就是落落大方的少女，帶著淡雅的美。

　　敬序堂就是《聊齋》在思溪村的取景地。古宅建於清朝嘉慶年間，如今還在住人，青石板路，精美的木雕，雕刻著戲劇人物、山水鳥獸，小巧精緻。雖然時光已經走遠，但風華不減當年。

　　徽州的古村落，大都是按姓氏聚居。俞姓人在南宋慶元五年建立了思溪村。村中也有新建的房子，但依舊保持著徽派建築的美感，每家大門上都貼著一個小牌子，上面寫著家訓，都是關於為人、經商、讀書等方面的。她想，也許徽州人的古老文化，就是透過家訓代代相傳的吧！

　　延村的徽商很多，保留著很多徽商民居，被譽為「清代商宅群」。關於延村，我更喜歡的是它的名字——延，有延續的意思。那些在外經商的徽州人，賺了錢就回到故里建宅修院，在群山連綿的風景中，子孫綿延，福澤長久。無論是舊時的徽州，還是當下的時代，人們最樸素的心願也不過如此，不辭辛苦地到處奔波、努力賺錢，其本質卻並不是為了錢，而是一家人溫情脈脈的長久喜樂。

　　這樣想著，抬眼看到那馬頭牆戶戶相承，隔巷相對。雨

天無須雨具便可以穿堂串戶，這樣的簡單純樸，真是最好的生活。

10

人生，是一場場的相遇，一場場的道別。所謂永恆，只是鐫刻在心底那珍貴的記憶。

徽州，古老寧靜的村莊，安居樂業的他們，無論是否真的會再見，她都想說，再見。

南京·飄渺金陵故夢

如果可以不考慮現實因素，自由獨立、無所牽掛地活著，我想大多數人渴望的還是周遊世界，過自在逍遙的日子。但生活從來都不只有陽春白雪，我們有牽絆和執念，有許許多多的放不下。但儘管如此，我們依舊會為一場旅行樂此不疲地奔波。

我喜歡旅行，因為我喜歡那個在路上清澈、新鮮的自己。旅行之於我，不僅僅是遊歷過多少城市的數字，更是在一成不變的生活中，尋找突破與驚喜的方式。

這次旅行，儘管只是從蘇州到南京，距離近、時間短，但陌生的城市和風景已經足夠令我期待。

南京剛剛下過雪。當火車停靠在南京站時，我看到植物上覆蓋了薄薄一層積雪，應該是前一天夜晚留下的。原本蕭瑟的植物因為這白雪的點綴，添了幾分清秀和靈氣。

相比蘇州，南京更冷一些，溫度達到零下，地面上有水的地方結了冰。

我決定先去遊覽玄武湖公園。走出地鐵的一剎那，眼前的土地銀裝素裹，又夾雜著江南冬天的微綠。南方的雪，輕盈而飄渺，沒有北方大雪的厚重。這裡雖然已不是舊時的金陵，但是在雪的掩映下，南京有一種古意，那古意來自它作為六朝古

都的滄桑，也來自這座城市的一草一木。

　　樹的枝幹已經乾枯，上面高高地擎著昨夜的積雪。潔白的雪與墨色的樹枝相映成趣，有一種倦鳥歸巢的溫暖與安穩。低矮的松樹上，同樣蓋著層層疊疊的白雪，白綠交會，又給人一種蓬勃向上、欣欣向榮之感。

　　玄武門在正前方。此玄武門與歷史上著名的玄武門之變並無關係，那道門是位於西安的玄武門，是大唐歷史上的一抹記憶。而南京的玄武門是南京明城牆的後開城門，原來叫豐潤門，不過，我更喜歡「玄武」二字，因為「玄武」這兩個字更突出它的厚重感，正如南京這座城市，提及它，總也繞不開歷史。

　　走過玄武門便看到一大片湖水，遠山朦朧。這邊便是玄武湖了。

　　雪後的玄武湖更加明淨，有種不染塵埃的純潔。湖水波瀾不驚，積雪薄薄地覆蓋在湖邊的綠草地上，遠山的倒影投在水中。踩著積雪，遠眺湖景，呼吸的彷彿不是空氣，而是熱愛與溫柔。現在擁有的一切，已然是人世間最珍貴的美好。

　　除了玄武湖，公園裡還總能偶遇其他小驚喜。殘餘的楓葉映著白雪，讓人分不清此時到底是秋天還是冬天。蠟梅在枝頭綻放，小小的黃色花朵在寒冷的天氣裡更顯冰清玉潔，散發著淡淡的香氣。不肯離去的夏荷，送來一池凋敗，宛若一幅水

墨畫。懸在拱橋上的冰凌，有種君臨天下的霸氣。那梳著羊角辮、穿著紅棉襖的小姑娘，正在和剛堆好的小雪人說悄悄話，小雪人的眼睛是一朵小花……

　　生活本來平淡，正是因為有了這些小小的驚喜才有期待。渴望在路上，不是想追尋海角天涯，而是希望能不斷發現、撿拾散落在路上的小幸福。雪慢慢融化成雨，初見時的靜謐古樸，此刻回歸於樸素的人間煙火。玄武門，成了我筆下的一個名字、記憶裡的一段金陵故夢。

開封·紅塵之外的煙火氣

「低矮舊樓被雨水洗刷成暗色，路邊聳立的廣告牌上，詞彙帶有時光倒退三十年的落伍氣息。」

這是安妮寶貝的小說《春宴》中描寫的城市風貌，帶著熱烈的煙火氣，又在煙火紅塵之外，很快地就把人帶入到一個神祕的世界。

開封，八朝古都，就有這樣的城市氣息。它是一座沒落的帝都，風華絕代過，如今，留給後人的只是北宋的文明和宋詞的迤邐。

古城很舊，低矮的樓房充斥著破敗，但它卻可以在破敗中開出一朵幽靜的花。這花，是從北宋時一路盛放而來，是李清照的「藕花深處」，是李後主的「菊花殘」……

生活在這座古城的人，慢得像一闋詞。天氣陰鬱，行人緩緩。冒著乳白色熱氣的灌湯包子，既樸實又親切的河南話，和天空一樣陰鬱的灰色調建築。修繕後，古老的門樓金碧輝煌，不遠處，電線隨意地散落在桿上，有種「剪不斷，理還亂」的雜亂美。

它比不了大城市的秩序和文明，但它有小城市的煙火和日常。

01

　　住在解放大道上，飯店裝潢很清新，與它的名字正相配：
「三色堇」，如愛情的味道，浪漫、溫柔。房間在四樓，是百合
主題房，淡藍色與乳白色交織的色調，讓人感到踏實。

　　哪怕是冬季，開封的夜市依舊紅火。出飯店，沿著解放大
道向前，走進鼓樓街，就到了鼓樓夜市。這裡是遊客常來的地
方，晚上的鼓樓，熙熙攘攘，燈光齊刷刷地亮起來，讓人恍
惚。繁華與熱鬧，這是北宋還是今夕？都是，都不是，這只是
生活的一個縮影。

　　一籠灌湯包、一個羊肉炕饃、一碗杏仁茶，如果還不過
癮，那就再來一個驢肉火燒、一碗炒涼粉，價格便宜，味道也
美。聽一聽賣灌湯包老闆的吆喝：「來喲，正宗的開封灌湯包！」
看一看眼前燈火輝煌的鼓樓，簷角流彩、燦若煙霞。生活竟可
以如此活色生香，別管明天醒來會在哪裡，今朝相聚今朝樂。

　　「穆氏桂英，誰料想，我五十三歲又管三軍……」

　　熟悉的旋律飄進耳朵，吃飽了走累了，上大宋戲樓歇歇腳
吧。聽一曲豫劇，心情好了再點一曲，茶水、瓜子、糖果，慢
慢悠悠，在戲曲裡品人生，在人生中唱戲曲。

　　夜漸深，披一身月光與燈火，走在回去的路上。冬天的
夜，寒風刺骨，行人寂寥。此刻的古城，以一種垂暮的樣子道
著晚安。

晚安。

晚安。

02

開封，這座古都依黃河而生，然而，這條母親河對開封似乎並不友好。世界上再沒有任何一座城市，屢屢遭遇水患，又屢屢重生。

洪水淹沒了城市的繁華，把那些久遠的故事一併淹沒到地下。開封還是中國最富庶的魏都時，王賁引水灌大梁城，一座繁華的都城成為廢墟，大梁風華隨著黃河水流走。

經歷魏晉南北朝，隋唐盛世，五代十國，宋州歸德軍節度使趙匡胤稱帝，開啟了宋朝的繁華序章。開封成為大宋的都城。

後世人對開封的情結，大多源於那個詩意富庶的朝代——大宋。大宋時代的繁華，可從宋朝孟元老的《東京夢華錄》裡讀到，可從宋朝張擇端的《清明上河圖》中看到，還可從蘇軾、辛棄疾、柳三變、晏殊、李清照等人的詞中遇見。

物極必反，盛極必衰。繁華熱鬧之後，終究會走向悲涼。金軍襲擊中原，鐵騎一次次踐踏中原河山，攻破宋都開封，俘獲宋徽宗、宋欽宗以及后妃貴戚。後又經歷無數掠奪、殺戮、戰爭，直至崖山海戰後，南宋滅亡，整個宋朝的繁華，至此結束。

　　開封，這座曾經「都城左近，皆是園圃。次第春容滿野，暖律暄晴，萬花爭出粉牆，細柳斜籠綺陌。香輪暖輾，芳草如茵；駿騎驕嘶，杏花如繡」的城市，像一位遲暮的英雄，經歷金元的無情洗劫，富甲天下已成為過往。

　　這還不算，到了明代，黃河的大水再次淹沒開封，讓這座只想退隱好好過日子的城市，又陷入毀滅。歷史的變遷，朝代的更替，最受傷害的是一座座城池，還有安穩度日的城中人。

　　黃河是我們的母親河，可是，當母親發怒的時候一樣嚴厲。決口的黃河水奔騰而至，整座開封城淹沒於水下，成為一座廢墟，那些名勝古蹟、人文歷史，皆成為地下的一捧黃沙。

　　明末水淹開封城之後，這座千瘡百孔的城市，先後又遭遇多次黃河水患。儘管比起前面的幾次危害相對較小，但也讓這座古城雪上加霜。

　　災難雖然無情，但只要人類還有勤勞與智慧，終會劫後重生。當你走在今日的開封古城，所見所聞，既古又新。埋在地下的我們永遠記得，重新修繕的我們珍惜。歷史無可更改，富足與幸福的安樂生活，卻可以繼往開來地去創造。

03

　　那些雕欄玉砌、流光飛簷，是昨日的汴梁、東京、開封府，也映照著今日的開封。

　　清明上河園是依據宋朝張擇端的名畫《清明上河圖》實景修建而成的。公園靠著龍亭湖，隔湖遠望，就是龍亭公園。北宋時的皇城就在此處，只不過被大水淹沒之後只剩下遺址，在這之上修建成龍亭公園。

　　清明上河園再現大宋都城的市井風貌、民俗風情、皇家園林之華貴、古代娛樂之精彩。

　　那幾日正值降溫，河南大多數地區都下了大雪，無法出門。好在開封城只下著小雪，輕盈飄逸。雖然沒有下大雪，但天氣依舊寒冷，站在清明上河園門前等待排隊，寒風刺骨。這種熟悉的冷，從我出生到離開故鄉的那二十年間，每年冬天都可以感受到。

　　忽然想起南唐後主李煜。當年他國破山河亡，在大宋的都城過著階下囚的生活。北方的冬天，他是否也感到了刺骨的冷？他是否會懷念他的南唐，懷念南方的溫暖詩意，懷念「晚妝初了明肌雪，春殿嬪娥魚貫列」，懷念「鳳閣龍樓連霄漢，玉樹瓊枝作煙蘿」？會的，會的。要不然怎麼會有「夢裡不知身是客，一晌貪歡。獨自莫憑欄，無限江山」，怎麼會有「問君能有幾多愁？恰似一江春水向東流」？

　　我沒有「恰似一江春水向東流」的哀愁，因為這是北方，是我的故鄉，儘管寒冷，卻是心安。

　　上午九點，清明上河園以包公迎賓作為開場，推開大宋的

城門。擂鼓禮炮響徹雲霄，開封府尹包拯奉旨領文武百官，設
皇家儀仗，行開園大典，迎四海賓客，共享人間富貴。那一
刻，彷彿真的夢迴大宋，到了那個繁華熱鬧的盛世。

　　雖然是後修的公園，但你走在園內，依然可以感受到宋朝
的富足。寒冷的冬天，草木蕭瑟，但因為正值春節，公園裡喜
氣洋洋，張燈結綵，暖意融融。

　　作為八朝古都，果然不同凡響。如果是春夏，這裡應該還
會草木叢蔭、河水青綠，會更有一番情調。據說秋天最美，且
不說其他繁華，就看那「滿城盡帶黃金甲」的菊，就足以讓你
入夢痴痴。

　　虹橋橫跨在汴河之上，橋似一條彩虹，在汴河上冉冉升起，
橋上走馬過人，橋下載舟行船。汴河在北宋時期是要道，汴河舟
船往來密集，商賈雲集，河兩岸繁華盛景，一派國泰民安。

　　跟著導遊圖一步一景，來到園內最高的建築拂雲閣。不知
若是晴空萬里，站在閣的頂端，是否可拂雲作景。「拂雲閣」
的名字，據說有兩個含義，雲代表清淨，拂雲即說閣高入雲
端，有一種仙境之美。拂又有吹拂的意思，往事如雲煙，歷史
的煙塵拂過，那些繁華與災難，都只留為記憶。

　　園內建築的名字都很好聽：上善門、水心榭、丹臺宮、茗
春坊，每一個名字念出來，都像生活在大宋，生活在婉轉美妙
的宋詞裡。

看，大宋風景；聽，千古佳音；觀，市井生活；感，歷史興衰。打盤鼓，走高蹺，汴河上的漕運景象，樓船往返，盛世風光。樸拙之器，演繹華夏之音，傳承泱泱五千年文化。「昔我往昔，楊柳依依；今我來思，雨雪霏霏」，廣袖飛舞，似夢翩翩。風趣鬥雞，戲裡人生。舊式招親，兒女情長。亦真亦幻，眼見不一定為實。十年寒窗，一朝舉中。舞文弄墨，才子少年。梁山好漢，快意恩仇。金戎歲月，戰馬嗒嗒。趙宋盛世，一朝散去。

鋪開一展清明上河長卷，我們依然可以看到那個錦繡王朝，富庶繁華、流光溢彩、歌舞昇平。還原一段過往，回到北宋，嘆一聲，光陰如歌。

歷史在前進，但後人一定會記得，有個朝代，叫宋。

鎮江‧千年的故事，青石板上的足音記得

　　一座城，一場邂逅，一段故事。古老、現代、詩意、繁華。每一座城都有它獨特的氣質，這氣質裡，藏著居住在這座城中人的生活方式，亦是這座城的靈魂之延續。

　　鎮江，它不大，但它恬靜且古老。

　　蘇州到鎮江一個小時高鐵，「咻」的一下，就從這座城到了那座城，甚至還沒來得及細細欣賞沿途的稻田、村落與花開。旅行帶給我的是一種意象的美，這種美很難具體表述，故而，若你問我為何走在路上，我的回答是，當你走在路上時便有了答案。

　　決定去鎮江，是因為半個月前，我從蘇州去濟南，高鐵上一路播放著《坐著高鐵去旅行》的宣傳片，其中有一個片段是鎮江。我記得，在那幾分鐘的短片裡，一個清瘦的男子，脖子上掛著一個相機，行走在西津渡的古街上，那樣安靜，那樣迷人。

　　我太深愛古街古巷。「去鎮江。」於是，我告訴自己。

　　濟南回到蘇州不久，約了好友便踏上了開往鎮江的高鐵。

　　鎮江真是一座迷人的小城，車站的人稀少，一種踏實的生活氣息撲面而來。到一個新的地方，若要感知這個地方獨有的氣質，一、去這座城市的博物館；二、乘坐當地的公共汽車；

三、與當地人攀談。

公共汽車緩緩地開出車站。沿途梧桐樹濃密高大，陽光落下來，斑駁的樹影灑在車窗上，逢早秋，稀稀落落的梧桐葉在馬路兩旁的人行道上隨意散落，使光陰變得寧靜、溫和。車廂裡的人亦不多，很少有人來這座城市旅行吧，偶爾聽著車廂裡的人的攀談，聽不懂的當地方言。

生活在這樣的小城真好。

歲月靜好的模樣。

與朋友輕輕地交談，表達著對這座城的初認知。我與朋友都喜愛小城生活，所以，對此我們有許多共同觀點。一場好的旅行，不僅取決於自身對世界的愛，還取決於和你一同旅行的人。試想，如果一個人愛著山河草木，一個人卻熱衷繁華商貿，那麼，兩個人一起去旅行，大多數時候會不得歡喜。

在人民街站下車，走在伯先路，一剎那，覺得這就是我想要遇見的鎮江。

充滿古意的一條街，道路一側是伯先公園，還有總商會舊址、廣肇公所舊址、江南飯店舊址等一些老的建築群，另一側是待拆除的居民區，大大的「拆」字，以及「危險誤入」的字樣，醒目地立在巷子口，許多老屋已經殘破不堪。

這破敗古老的氣息有致命的誘惑，至少，對我來說是這樣。走在樹蔭斑駁的老街上，恍若是落後於這個時代的人。

那些青磚，落滿時代的故事，那些柱頭、雕花，記錄著往事舊夢。

從伯先路到迎江路一路，分別坐落著鎮江博物館、舊時的鎮江英國領事館等建築，繼續拾階而上，來到西津渡古街。

西津渡古街有著千年歷史。磚青色的氣質，飛閣流丹的繁華，似乎都在訴說著這條古渡的往事。古街保持著舊時青石鋪就的街道、元代的韶關石塔，還有一些舊時老屋，彷彿一眼便可望見千年繁華。

西津渡依山而建，北宋詞人王安石行至渡口，長江水在腳下滔滔流過，情至深處，寫下傳唱至今的佳句：「京口瓜洲一水間，鐘山只隔數重山。春風又綠江南岸，明月何時照我還？」

曾經的西津渡，是古老的渡口，迎來送往，離別歸來。如今的西津渡，存放著安靜的尋常日子，開一家鍋蓋面小鋪，經營著柴米油鹽的生活，樸素、簡單。

千年的故事，踏足在青石板上的足音記得。

鎮江，我來過。

泰山·這世間，唯山河永恆

一秒即永恆

登泰山而小天下。早在一千兩百多年前，有個叫杜甫的詩人，站在泰山腳下，發出「會當凌絕頂，一覽眾山小」的讚嘆。

每一座山，每一條河，每一片稻田，每一座村落，都有它獨一無二的美。泰山俊而高，這與我常見的南方山脈有所不同。南方的山，多清麗，是小家碧玉的美；北方的山，則有著高山大河之壯闊。

汽車在盤山公路上行駛，曲折、蜿蜒，山風從耳畔呼嘯而過。崖，越來越深；山，越來越高，天空明淨又祥和。人在山中，心緒都會無塵許多，只有絕妙的自然，不說一言，卻勝似萬語。

山崖峭壁，石縫裡汩汩山泉流過，樹木叢生，野花自在絢爛。沿途的每一分每一秒都充滿驚喜。遇山、遇水、遇人群，大多是這一生唯一的遇見。這讓我懂得珍惜，下一秒，我們將匯入人海，成為陌路，那就在相逢時，給予深情，才不枉費這萬分之一的擦肩。

抵達山頂時，下起小雨，高空索道在霧濛濛的山崖間穿

梭，上山下山的行人依然如織。風很大，我只穿了鏤空薄毛衫，山風的涼直逼身體，雨打溼了裙襬，風吹亂了衣襟。

但那一刻，內心歡喜，為這不期而遇的奇妙風景。

雨絲落入山中，朦朧了遠處的山峰，如雲霧，飄渺、虛無。唐代詩人王維寫雨後山中秋景，我最愛他那句「空山新雨後」的意境，恰逢秋季，望著遠山，便有了詩情畫意。層層疊疊，雨霧縈繞，山下的城市隱約可見。因這雨，又因站在山頂，平日裡匆忙的城市這時彷彿著了面紗，呈現出寧靜古樸的狀態。

其實，那日我希望能夠看到山中晚霞，那明媚、壯闊的美，早已讓我心動。但旅行中總有意外，天公想要給我的是另一番景趣。所以，意外有時候並非就是遺憾，而是另一種美麗。

世事從來都有它自己的軌跡，行在人世間，我們要做的只是以平和心待之，對萬事萬物滿懷期待，但不刻意為某一目的，總有欣喜與你相逢。

夜漸漸來臨，山色的奇妙變化就在那一瞬間。先是雲霧般的淡藍色，漸漸轉為幽藍，直至夜幕降臨，城市燈光點綴著漆黑的山夜。你若感知到自然，一定會為之動容。

夜晚，山裡更冷，雨停了，除了住的賓館附近，四周是一望無際的黑，無星光，無月光。租了軍大衣，在賓館外面的小吃街吃了晚飯，走到一處山崖邊，方才的熱鬧街區拋至身後，倚著崖邊的石欄杆，只聽得見山風滑過樹葉的呼呼聲。

　　一隻黑色的野貓鑽過雜木樹林，從石欄杆邊一躍而下，我真擔心牠會摔下去，但以牠敏捷的身手，大概是我多思了吧。山的下面，城市已亮起萬家燈盞，明明滅滅。山頂的燈光，略顯得清冷，山下城市的燈光則繁華許多。

　　「一秒即永恆。」我似乎體會到這句話的深意。

　　山中小半生，是我夢之所及的生活，與山谷為伴，修院築夢，識草木，聞風雪，深居簡出，心性清明。迴轉思緒，此刻我亦知足，只不過匆忙的生活過久了，總要有片刻的抽離，靜心獨幽，不問往昔。過後，依舊熱騰騰地生活，方可自在。

見山見水見自己

　　這次抵達泰山，午後為看晚霞，清晨為看日出。只是，天公有祂另一番安排，晚霞化作雨中的朦朧山河；日出，則隱於茫茫雲海之中。

　　那一場雨，在第二天清晨送來雲海景觀。雨後初晴，霧氣縈繞在山峰上。若隱若現的山峰，抬眼是望不到邊的天際，深藍、淺藍，宛若一幅丹青長卷，不由得驚嘆，江山如畫。

　　玉皇頂是泰山最高峰，歷代君王登臨泰山，俯瞰天下，舉行封禪大典之禮。五嶽獨尊的石碑立在玉皇頂東南處，遊人排隊等待合影。

　　站在山頂岩石上，一覽遠山雲海，猶如置身雲端。此刻，

心謙卑且渺小，人生所遇的紛紛擾擾，不過是滄海一粟。

　　山中光陰，日月長。宗廟、殿堂，在泰山之巔屹立，如築在雲層裡的天宮，清冷、幽靜。

　　在《空谷幽蘭》這本書裡，作者記載了中國的隱士文化。隱士，多居山，修禪問道，樸素清寂。而今身在山中，不免想起他們。中國自古就有一些心性高潔之人，居山中、築茅屋、修籬院、開荒地、自給足，以琴棋書畫為樂，以草木山河為依，修身養性。

　　時光流轉，朝代更替，如今的我們，生活在開放、公平的新世紀，科技、工業快速發展，生活在這個時代的我們也馬不停蹄地向前。但是，那一座座山，它就在那兒，你來與不來，它都靜默不動。

　　心有桃源，無論在何處，都會有一份閒隱的情懷。在熱鬧的塵世間如魚得水，亦可在清寂的山水中怡然自得，是謂隱士精神。

　　山河、草木，最是無言與深情。人生於世，總會遇到一些狂妄之人，在我看來，人皆渺小，我們只是漫漫紅塵中的一粒塵埃，甚至不如山間的一尊岩石。岩石尚可永恆，而我們，多不過寥寥百年。所以，在有限的人生裡，我們要懷著敬畏之心，懷著謙卑之情。

　　見山見水，終是照見真實的自己。

電子書購買　　爽讀 APP

國家圖書館出版品預行編目資料

山長水遠，恰好遇見：自然和自我不期而遇，
從一草一木中感受生活的詩意 / 小隱 著 . --
第一版 . -- 臺北市：崧燁文化事業有限公司，
2024.02
面；　公分
POD 版
ISBN 978-626-394-001-7(平裝)
855　　　113000765

山長水遠，恰好遇見：自然和自我不期而遇，從一草一木中感受生活的詩意

臉書

作　　　者：小隱
發 行 人：黃振庭
出 版 者：崧燁文化事業有限公司
發 行 者：崧燁文化事業有限公司
E - m a i l：sonbookservice@gmail.com
粉 絲 頁：https://www.facebook.com/sonbookss/
網　　　址：https://sonbook.net/
地　　　址：台北市中正區重慶南路一段六十一號八樓 815 室
Rm. 815, 8F., No.61, Sec. 1, Chongqing S. Rd., Zhongzheng Dist., Taipei City 100,
Taiwan
電　　　話：(02) 2370-3310　　傳　　　真：(02) 2388-1990
印　　　刷：京峯數位服務有限公司
律師顧問：廣華律師事務所 張珮琦律師

定　　　價：650 元
發行日期：2024 年 02 月第一版
◎本書以 POD 印製